一隻特立獨行的豬

穿梭文明、自然與野性間的藝文奇想

包子逸 著

目錄

Part I 自由使人疼痛 ⋯⋯ 009

那些不被收編的野性精神

01 一隻特立獨行的豬 ⋯⋯ 010
02 跳舞的熊出沒，請注意 ⋯⋯ 018
03 可愛的馬 ⋯⋯ 025
04 作家房間裡的大象 ⋯⋯ 030
05 出走同好會 ⋯⋯ 036
06 蚯蚓之光 ⋯⋯ 041
07 超深度鯰魚 ⋯⋯ 046
08 鳥人與紙船 ⋯⋯ 053

09 馴鷹 059
10 霧中的刺蝟與鼴鼠 064

Part II
探索奇幻地景 069
蟲魚鳥獸、天地草木的多重象限

11 小強色彩雅潔 070
12 九月與蛾 076
13 蘑菇與魔法 083
14 空谷幽蘭 088
15 章魚心，海底針 094
16 麻雀雖小 101
17 博物館的貴客：恐龍、雲豹與小朋友 107
18 椰子的葉蔭 112
19 詩的青春小鳥 118

20 鼠輩吉祥 …… 124
21 與斑馬與獅子夢遊 …… 129
22 蝴蝶、人魚與魔法 …… 135

Part Ⅲ 騷動的靈光 …… 141
韓流＋日漫＋邪典＋……潛入話題之作的生物們

23 如此沉迷：大河戀與羽毛賊 …… 142
24 五十嵐大介的麵包與貓 …… 149
25 破殼的防彈少年們 …… 154
26 坐火車的抹香鯨 …… 160
27 妖孽啊！蛇與罪 …… 166
28 暗黑小海女之魚與黑道 …… 172
29 寂寞的熱帶魚養在被安排的愛裡 …… 178
30 有一種宅叫蝙蝠俠 …… 184

31 蝸牛食堂 189
32 蒼鷺與少年，羊男與少女 194

Part Ⅳ 人啊！人

文明與野性、人與非人之間的殘酷遊戲 201
33 犬之島 202
34 羊道與森林裡的小木屋 207
35 穿西裝的兔子 214
36 鮭魚大砲與狡猾狐狸 220
37 松露與松茸絕境逢生 226
38 等待一頭缺席的雪豹 231
39 你想知道卻不敢問的關於鳥屎的一切 237
40 漁人的搏鬥 243
41 潮汐之間 248

42 鰻線、巨鯨與人的黑潮漂流……254

Part V
直到世界末日……261
不知道自己即將不存在於世間

43 鰻魚為王，沉沒之島……262
44 養虎為患……268
45 最後來的是烏鴉……276
46 蜂狂末日……281
47 螢火蟲與飛天蜘蛛……286
48 蟻夢……291
49 影之島……296

後記——與動物相遇的時刻……302

Part I

自由使人疼痛

那些不被收編的野性精神

01 一隻特立獨行的豬

除了這隻豬，
還沒見過誰敢於如此無視對生活的設置。

「when pigs fly」是老派的英文說詞，意指「我才不信某事會發生呢」，飛天豬的畫面比「太陽打西邊升起」的類似說法喜感多了。因此，如果有人說：「這位作者若能準時交稿，豬都會飛囉！」他真正的意思是：「這是無可能 ê 代誌。」（以下開放照樣造句）

講到這兒，搖滾迷也許會眼神清澈地望著你說：豬會飛呀，有什麼問題嗎？同時拿出平克．佛洛伊德樂團（Pink Floyd）的《動物》（*Animals*）專輯，手指戳戳封面，喏，那幾支煙囪中間騰雲駕霧的小粉紅是什麼？是豬啊，大佬。

平克・佛洛伊德《動物》專輯 2011 年 CD 紙盒版內封。

是噢，這張封面的焦點飛天豬仔名叫阿吉（Algie），一九七六年歲末，樂團跑到倫敦泰晤士河旁的火力發電廠拍攝專輯封面，試圖放飛這隻身長十二米的充氣粉紅豬。拍攝第一天，阿吉因為技術問題沒有飛上天；第二天，阿吉完美升空了！唯一美中不足的是，一陣強風吹斷了繫著阿吉的繩索，攝影團隊就這樣無言地目送阿吉放風飛飛去，轉眼無影無蹤。粉紅豬阿吉一面高喊著：「自由啦！」一面飄飄然經過一位正在開飛機的機師窗口，導致倫敦機場緊急取消各班機，脫韁野豬一路自由放飛到開車要一個小時才到得了的肯特郡，降落在一座農場，嚇壞一群牛。

《動物》以象徵希望、名為〈飛天豬〉（Pigs on the Wing）的兩首輕快小調開場並收尾，中間只有三首名為〈豬〉、〈狗〉、〈羊〉的長曲，影射社會中奴役他人或被奴役的人群，曲風與歌詞酣暢淋漓，散發殺豬刀般深沉的銳利感；除此之外，聽了這張專輯我才第一次發現，人竟然可以利用吉他發出逼真的豬嚎。言歸正傳，在充滿社會關懷的樂團主導下，那隻粉紅豬阿吉後來成為平克．佛洛伊德樂團的經典標誌，成為他們演唱會的常客，也成了往後許多抗爭訴求的載體，反烏托邦電影《人類之子》（*Children of Men*）特地挪用了這張專輯封面作為前導一幕的遠景。

雖然人類可能不願意承認，但 豬（挪抬以示敬意）其實是謬斯的化身。這世間拿豬來做比方的創作族繁不及備載，也激發了不少罵人的創意，光是一句「你是豬啊！」即能使人感到悲憤莫名。《動物》專輯借用了政治寓言《動物農莊》（*Animal Farm*）的影分身，〈豬〉抨擊的是權勢者，但是黑色奇幻電影《黑店狂想曲》（*Delicatessen*）中，豬則象徵刀俎上任權勢者宰割的無名小卒。

《動物農莊》曾因「政治不正確」的因素屢遭出版社退稿，喬治．歐威爾（George Orwell）當時憤而撰寫了一篇名為〈論出版自由〉（The Freedom of the Press）的序文，批評當時出版業「自我言論審查」，自動封殺不受歡迎想法之陋習。《動物農莊》觸發了許多出版商的政治正確危機警報，當時某些出版社甚至提出建言，認為《動物農莊》中的統治階級「不要用豬扮演會比較禮貌」（豬曰：干我何事？）。日後《動物農莊》獲得出版，此序在歐威爾生前從未發表，但後世某些版本的《動物農莊》反而刻意附上這篇有特殊時代背景的社論。

生氣的歐威爾旁徵博引，〈論出版自由〉批評當時「自由主義者害怕自由，知識分子欲使智慧蒙塵」，源自於當時英國絕大數的知識分子對蘇聯的國家忠誠，使得他們對於任何談論蘇聯（即使只是隱射）的批評都避重就輕，甚至排斥攻擊。歐威爾因此感嘆：「我們的時代存在著一個奇特的現象，那就是變節的自由主義。……當今還有一個普遍的傾向，也就是主張——唯有透過極權主義手段，才能保衛民主。」英國當時的社會氛圍不難想像，此時此刻我們的身邊亦有太多充滿既視感的例子。

不管怎麼說，就創作的象徵意義而言，豬可以貴可以賤，能屈能伸，完全隨人類不可捉摸的意志而延伸出各種形象。

《黑店狂想曲》的導演後來拍了更為人所熟知的《艾蜜莉的異想世界》（*Le Fabuleux Destin d'Amélie Poulain*），兩部片的奇幻、復古風格相當類似；前者磨刀霍霍的場面不少，但艾蜜莉式的甜蜜與慧黠已在這部黑色喜劇中奠定了雛型。《黑店狂想曲》電影海報只印了一隻看似飄浮在半空中的豬，那是劇中一家類似龍門客棧、會吃人肉的肉鋪招牌，故事裡的老闆專門宰殺借宿的弱者，將之分售同棟樓的房客。在人吃人的艱難世界裡，最後是匍匐的理想主義者與小丑帶來了翻轉的契機。

中國小說家王小波寫過一則奇幻短文〈一隻特立獨行的豬〉，我很喜歡這則故事，每隔一段時間總要拿出來讀一讀。文中敘述：「對生活做種種設置是人特有的品性。」故事裡講的就是一隻不接受任何「設置」、活得像浪子一樣的豬，領導試過各種格殺牠的方式，卻總沒得手，最後豬兄長出了獠牙，對心懷叵測的人保持距離，浪跡天涯。文末，王小波意有所指地說：「除了這隻豬，還沒見過誰敢於如此無視對生活的設置。相反，我倒見過很多想要設置別人生活的人，還有對被設置的生活安之若素的人。因為這個原故，我一直懷念這隻特立獨行的豬。」

這則故事讓我想到香港樂團 My Little Airport 的一首詩歌〈豬隻在城中逐一消失〉[1]，講的也是被人追殺的豬。在這個世道，要做特立獨行的豬談何容易，獠牙還沒長出來，往往先被裝了牙套。

聽說，拍攝《動物》專輯封面的首日，眾人其實準備好了狙擊槍，以備阿吉脫韁的時候可以砰砰砰了結牠，沒想到次日忘了帶槍。啊哈，在這歷史的偶然中，阿吉享受了一段雲遊時光，此後還一飛再飛，延續了難得的幸福。

野物考現

音

- 《動物》，平克．佛洛伊德
- 〈豬隻在城中逐一消失〉／《香港是個大商場》，My Little Airport

書

- 《動物農莊》，喬治．歐威爾
- 〈一隻特立獨行的豬〉，王小波

影

- 《黑店狂想曲》，尚－皮耶．居內（Jean-Pierre Jeunet）、馬克．卡羅（Marc Caro）

---

1 〈豬隻在城中逐一消失〉收錄於音樂專輯《香港是個大商場》（二〇一一）。

02

跳舞的熊出沒，請注意

自由使人疼痛，
而且一直如此。

多年前在紐約廝混的時候，我參加過果戈里妓院樂團（Gogol Bordello）的演唱會，舞台主視覺背景是握著巨型彈弓的一隻手，取材自他們第三張專輯《吉普賽龐客》（*Gypsy Punks: Underdog World Strike*）封面，也是他們最熱愛使用的隊徽。主唱尤金・赫茲（Eugene Hütz）出生於烏克蘭，流著吉普賽人的血液；樂團奠基於紐約，團員來自世界各地，曲風結合了吉普賽與東歐風情，有豐富的彈舌音、烏克蘭腔、不羈的手風琴，以及聽起來像喝了太多酒、血脈賁張的鼓聲。

龐克搖滾演唱會通常易於激動（您瞧瞧每次都要玩「飛入人海」

《森林大熊》動物園一景。

戲碼的一支爆先生（我替伊吉・帕普〔Iggy Pop〕取的中文暱稱），果不其然，果戈里妓院樂團演唱會進行到一半，鼓手突然豁出去了！忽而將舞台上的巨型大鼓甩入人海，大鼓在人海中載浮載沉，鼓手一不做二不休，竟三步併兩步踩著觀眾的頭爬上大鼓，顫巍巍地昂首而立數秒，彷彿在詮釋八仙過海。

我也記得他們激動地唱著〈狗吠起來〉（Dogs Were Barking），這是《吉普賽龐客》裡的一首歌，講的是某場失控的婚禮，他們唱著：「狗吠起來，猴子拍手，熊在跳舞，女孩兒都撒野啦，條子暗中埋伏，孩子尖聲怪笑……」熊本來是不會跳舞的，「跳舞的熊」這個意象影射的是東歐古老的馴熊文化。在二〇〇七年最後一隻跳舞的熊從保加利亞的吉普賽馴熊師身邊帶走之前，從黑海到波蘭、希臘，甚至更遠，都能看到馴熊人帶著跳舞的熊流浪表演的身影。

幾年前我最喜歡的閱讀清單中，有一本正是描述相關馴熊文化的《跳舞的熊》（*Tańczące niedźwiedzie*），這本報導書在台灣相當受到歡迎，推動波蘭作家維特多．沙博爾夫斯基（Witold Szabłowski）的作品陸續在台面市。《跳舞的熊》前半部講述保加利亞加入歐盟後，馴熊表演不再合法，政府組織決定將跳舞的熊送到一座公園裡「學習自由」的幾則故事；後半部講述許多後共產主義國家人民面對自由體制的不適應。如同佛洛姆（Erich Fromm）在《逃避自由》（*Escape From Freedom*）這本二十世紀的經典所談，當一個人解脫了經濟與政治的束縛，一方面他將成為自己的主人，另一方面卻失去了依屬感，這個壓力經常讓他靠攏權威，甚至替獨裁主義鋪設溫床。

《跳舞的熊》提到，幫助跳舞的熊恢復自由，學會「冬眠」是重要的關鍵，因為熊被奴役的期間完全不會冬眠，「冬眠對熊來說也是一項能力和自我存在價值的測試」。保育人員說，當一隻熊獲得了足夠的自信，懂得為更艱難的時刻做準備，就會重拾冬眠的本能，一如野熊。

講到這裡，必須提起一本我很喜歡的台灣絕版書：《森林大熊》

（*Der bär, der ein bär bleiben wollte*），這本繪本原產於瑞士，故事改編自美國戰後的一本知名繪本《熊非熊》（*The Bear That Wasn't*），講的是一隻熊冬眠起床後，發現四周的森林被砍伐殆盡，蓋成了工廠，全世界都說牠不是熊，逼迫牠上工，導致熊懷疑人生的故事；有那麼一點像卡夫卡（Franz Kafka）的《審判》（*Der Process*），只是恐怖中更可愛一點（只有一點點）。

為了證明自己是熊，熊前往動物園「驗明正身」。繪本插圖此時出現一隻關在籠子裡、胸前有白色V字斑紋的老黑熊（亞洲黑熊，台灣黑熊為其亞種之一），老黑熊和其他動物園的熊都對牠說：「熊只會住在獸欄裡。」迷惑的熊接著前往馬戲團，那裡的熊也說：「熊是在圈裡表演跳舞的。」哀傷的熊屢屢「被證明」不是熊，只好刮掉「鬍子」（其實是臉上的毛），上工去了。冬天來了，熊感到日益疲倦，可是牠想不起來為什麼，最終被「怠工」理由開除了。

繪本的最後一幕是熊重新走入森林，雪花蓋滿了全身，在山洞前呆滯地沉思：「我是不是忘了什麼重要的事？可是，到底是什麼呢？」

不過呢，在所有關於跳舞的熊書中，我私心最鍾愛的是萊納・齊尼克（Reiner Zimnik）的圖文書《會跳舞的熊》（*Der bär und die Leute*），透過馴熊人與熊的共生，它細膩地勾勒出文明與野性的關係，是如此的詩意而令人動容，那些深刻的愛、牽掛與背叛，輕易地讓人想起《小王子》（*Le Petit Prince*）裡的玫瑰、蛇與小狐狸。

「自由使人疼痛，而且一直如此。」《跳舞的熊》中文版封面寫了這麼一行字，如同馴熊的鼻環、野熊的寒冬，提醒著我們自由的代價。

野物考現

音
・《狗吠起來》／《吉普賽龐客》，果戈里妓院樂團

書
・《跳舞的熊》，維特多・沙伯爾夫斯基
・《逃避自由》，佛洛姆
・《森林大熊》，約克・史坦那（Jörg Steiner）
・《熊非熊》，弗蘭克・塔什林（Frank Tashlin）
・《會跳舞的熊》，萊納・齊尼克

03

可愛的馬

這世間的詩與歌星月交輝，
已經有銀河般的前例。

早前與人談茶，聽聞今日茶界仍有「品茗時搭配茶食是否適當」的爭論，即使茶食已喫了個幾千年。

啊，先別推開桌上那杯邪妄的珍珠奶茶。維繫正統的純粹，不免要議論偏鋒的不妥，然而美食與美學的正統必有逆子，比如彩色攝影之於黑白攝影、電吉他之於民謠吉他，稀微的次文化有一天也可能成為主流的老古董。

以詩入歌的傳統和人喝茶的歷史一樣古老，不過當巴布・狄倫（Bob Dylan）拿到諾貝爾文學獎時，依然有人要倒抽一口氣，要問「是否適當」的問題。狄倫伯本人驟聞獲獎的消息，似乎也是「呃……」不知如何反應，他沉默了兩個禮拜，才在眾聲喧嘩中浮上來公開致意。

詩歌是文學嗎？為什麼不呢？這世間的詩與歌星月交輝，已經有銀河般的前例。代替狄倫伯出席諾貝爾典禮演唱的「龐克搖滾桂冠詩人」佩蒂．史密斯（Patti Smith）不是第一個寫詩，再把詩唱成歌的人，但是她一九七五年初試啼聲的《群馬》（*Horses*）專輯一炮而紅，正因為人們視她為把詩唱進龐克搖滾的先鋒。起初，比起組樂團，佩蒂更想成為一名詩人；一九七一年的時候，她在紐約聖馬克教堂知名的「詩歌計畫」中朗誦自己寫的詩，為了想讓自己「看起來狠一點」，踏著蛇皮黑靴登台，央請一位電吉他手伴奏，戲劇性的詩歌表演獲得不錯迴響，這是催使她組團並成為「龐克教母」的引信。

佩蒂的回憶錄《只是孩子》（*Just Kids*）就像《群馬》橫空出世的前情提要，描繪了諸如此類成名前飢寒交迫但青春正盛的往事。「馬」

的意象在這過程中有重要的象徵意義——在《群馬》封面上，她帥氣披上肩的黑色西裝外套別了一只銀馬別針；她因為讀了《瘋馬》傳記小說受到啟發並在膝蓋上刺青[2]；〈大地〉（Land）成了《群馬》專輯的主調，在她魔性的唱誦中，此曲萬馬奔騰、煙塵四起，狂野而懾人，至今仍是我私心感到最迷魅的「詩歌」。

〈大地〉同時示範了佩蒂擅長的重組技能——以自己的長詩為主軸，重現經典，織入豐富的文化指涉，對於嗜讀偵探小說的她來說，這是重新編碼的解謎遊戲，也是對前行者致敬的方式。

在台灣，夏宇以詩入歌的精彩同樣有其標誌性，其首部詩集收錄的〈乘噴射機離去〉，幾年後被陳珊妮唱成一首歌，成為陳珊妮第二張音樂專輯的名字。如同佩蒂的〈大地〉一曲，〈乘噴射機離去〉充滿反詰與偏鋒，歌中有馬、重現經典（詩名源自英文老歌〈Leaving on a Jet Plane〉），以現代詩入歌，跳脫整齊與對稱，萬花筒般破裂重組的意象不受傳統曲式制約，歌詞先於歌曲，不被動服務曲調，聽起來

---

2 瘋馬（Crazy Horse）是北美洲印第安人民族蘇族的酋長，以驍勇善戰聞名；他在馬的耳朵上紋了閃電的圖形，提醒自己在戰場上不可大意。當時很多人想與佩蒂簽約出唱片，瘋馬的故事啟發她不要得意忘形，特此刺青自我警惕。

反倒有種筋骨徹底舒展開來後所獲得的柔韌與新意，詞曲創作者皆才氣奔騰，是我最喜歡的夏宇的歌。

馬世芳《耳朵借我》書中寫了一則〈目擊陳昇和伍佰的第一次〉，講他們翻唱台語老歌經典〈可愛的馬〉的過程。故事裡，詞曲能手陳昇和伍佰頭次一起進錄音室，伍佰才二十初頭，還綁著小馬尾，剛組China Blue，陳昇也不過三十初頭，本來伍佰精心設計了一款編曲，姍姍來遲的陳昇進錄音室不過五分鐘便推翻了他的預想，並且開始把大量高粱運輸到錄音室，把所有團員歌手都灌了好幾回合，演奏者因此鬆掉了頑強的「專業自覺」，表現得不負眾望。彼時，陳昇指示鋼琴手要「像一個一輩子都在當小學音樂老師的鋼琴神童那樣彈琴」，與伍佰進錄音室正式配唱時，又比手畫腳吩咐：「『手摸著心愛的馬唷／不覺珠淚滴』，一定要唱得手上感覺到馬屁股的毛纔行！」

〈可愛的馬〉最後被陳昇和伍佰唱成現代搖滾，歌裡的「咻蹦蹦咻咻蹦蹦」背景合音實在洗腦，聽完前述這則故事產生一個意外的後遺症，從此我每次聽到〈可愛的馬〉都會感到自己的手在撫摸馬屁股的毛。雖然陳昇的指示相當玄妙，但據說佩蒂．史密斯邀請電吉他手陪自己上台唱詩時，只問了對方：「你能用電吉他表現一場車禍嗎？」

看來，不管是詩人還是音樂家，沒有一點想像力還真的不行。

野物考現

書

．《耳朵借我》，馬世芳

．《只是孩子》，佩蒂．史密斯

．《乘噴射機離去》／《備忘錄》，夏宇

音

．〈大地〉／《群馬》，佩蒂．史密斯

．〈乘噴射機離去〉／《乘噴射機離去》，陳珊妮

．〈可愛的馬〉／《愛你伍佰年》，伍佰&陳昇

04 作家房間裡的大象

他的意志不希望自己殺死象，
然而最後仍在各種壓力之下扣下板機。

這年頭最熱門的旅行主題之一為「跟隨名家去旅行」：追尋電影場景、走進藝術家故居、梭巡同一條公路，或者在特定咖啡館喝著誰曾經喝過的特調飲。

歷史深沉的城市尤其盛行此道，倫敦、巴黎等可以說宛如針插般集滿文人雅士紀念據點。不過，思想管控越嚴格的國度，掉針的狀況越嚴重；主政者有系統地刪拔集體記憶，小心剔除他們認定具備顛覆危險的任何記號。舉例來說，旅客可以輕鬆在巴黎追尋喬治·歐威爾落魄時廝混的路線，與此同時毛淡棉或曼德勒卻不允許人們這麼做，逾界者稍有不慎恐身陷囹圄，主因是歐威爾作品對緬甸來說具有不可明說的特殊象徵意義。

報導書《在緬甸尋找喬治歐威爾》（*Finding George Orwell in Burma*）不安於沉默，作者潛行暗訪民間人士，大量援引反烏托邦三部曲《緬甸歲月》（*Burmese Days*）、《動物農莊》、《一九八四》（*Nineteen Eighty-Four*），解釋為什麼歐威爾的虛構文學讓當局坐立難安──《緬甸歲月》訴說不甚光彩的殖民地過往，《動物農莊》預言了戰後可悲的社會主義實驗，《一九八四》則讓人輕易聯想到嚴密監控人民思想的極權政府。比起當代諸多晦澀的緬甸政局分析報導，這本另類的旅遊書在文學比喻的掩護下，意外地使讀者更能同理緬甸的艱難處境。

歐威爾十九歲時進入曼德勒的警察訓練學校就讀，爾後輾轉緬甸各地（當時英屬印度）任職，滯留緬甸五年多的時光為這位年輕人帶來衝擊性的影響，餘生諸多文學作品與政治訴求都是這段經歷的餘波。政治寓言《動物農莊》讓歐威爾揚名國際，至今書中的動物形象仍深植人心。不過，早在《動物農莊》尚未出版之前，歐威爾已經多次透過動物角色（諸如散文〈絞刑〉〔A Hanging〕、小說《緬甸歲月》中的狗）影射人性與極權的晦暗，其中他至今最知名的隨筆〈射象記〉（Shooting An Elephant）尤其使人戰慄——這篇散文發生的背景在歐威爾駐外擔任警察的最後一段時期，某天他接獲通知，有隻逃脫的大象橫衝直撞造成損傷，大批群眾氣急敗壞，帶領他去大象漫遊的現場，希望他好好「處置」這頭象。他看到一頭安詳的大象正愉快地吃草，他的意志不希望自己殺死象，然而最後仍在各種壓力之下扣下板機。他在文章中自述，這件事讓他意識到「極權政府所作所為的真正動機」。

《在緬甸尋找喬治歐威爾》這本書還讓我聯想到一件小事——很久以前我聽英國電光交響樂團（Electric Light Orchestra）悠揚的〈曼德勒〉（Mandalay，一九八三年發表）一曲，以及羅比・威廉斯（Robbie Williams）近乎輕快的流行音樂〈通往曼德勒之途〉（The Road to

Mandalay，二〇〇〇年發表），不太明白為什麼曼德勒在英國是這麼熱門又週期性出現的情歌題目。這個問題一直到後來讀了《在緬甸尋找喬治歐威爾》才略有領會。此書第一章很快指出英國殖民主義詩人吉卜林（Rudyard Kipling）膾炙人口的詩作〈曼德勒〉（Mandalay）如何強化英國人對失落東方王國與帝國榮耀的想像，因此先前看到熱門歷史劇《王冠》（*The Crown*）中蒙巴頓伯爵試圖政變時，編劇特地安排他在一群緬甸退役軍人前吟詠吉卜林的這首曼德勒情詩，我終於比較能理解為什麼——曼德勒這個異國城市象徵著他重現帝國榮光的野心，也許還象徵著某種東方世界不能理解的大英帝國情懷。

英文「房間裡的大象」（elephant in the room）經常意味著一個顯而易見，卻被群眾漠視的巨大問題或禁忌。此後歐威爾回到西方世界，成為一名文字工作者，幾乎是窮盡畢生之力，單打獨鬥，試圖指出極權社會每個人房間裡的那頭象。

有一陣子我非常著迷於饒舌歌手楊舒雅的歌，沒事就循環播放

〈一萬匹馬的坍塌〉、〈死水〉這兩首歌，她的歌詞意象飽滿，詩意而魔性，攝人心魂。我注意到〈死水〉中的一段歌詞是這麼唱的：「來了一個刑警／說這裡死了東西／依照程序要來關心／他低下頭看著井看得目不轉睛／直到泛起漣漪／凝視一整個世紀／他卻只在意井中映照的他自己／想著城市又多了一個埤塘／滋養中產階級的跟鞋與西裝／穿上量身訂製高級皮囊……我們需要界線營造自己的高尚／就像需要皮膚來維持清潔假象／一旦這隻象不再發出聲響／空洞的我們依舊踩著別人大體爭搶」楊舒雅在 YouTube 上針對這首曲子補充說明：「同為背負過去而來的人，一身腥臭，不用自己的標準判斷他人的脈絡，不要為了自己而誤傷他人，應該是重要的美德，因為人很脆弱，很容易就死掉了。」

這首歌自然而然讓我想起了〈射象記〉。它們的敘述都讓人感受到一種緊迫的痛楚，彷彿親臨現場，聽到扣下板機的那聲槍響。

野物考現

書

- 《在緬甸尋找喬治歐威爾》，艾瑪・拉金
- 《一九八四》，喬治・歐威爾
- 《動物農莊》，喬治・歐威爾
- 《緬甸歲月》，喬治・歐威爾
- 〈射象記〉，喬治・歐威爾
- 〈曼德勒〉，吉卜林

音

- 〈死水〉，楊舒雅
- 〈一萬匹馬的坍塌〉，楊舒雅
- 〈通往曼德勒之途〉／《唱者為王》（*Sing When You're Winning*），羅比・威廉斯
- 〈曼德勒〉／《祕密訊息》（*Secret Messages*），電光交響樂團

影

- 《王冠》，Nexflix 發行

05

出走同好會

一隻熊與一隻虎
向上天許願想成為人類……

先前讀了一本傑出的韓國圖文書《淡季專家》，形式與題材新異，讀完會想把作者其他作品都找出來讀一輪（可惜目前台灣僅翻譯出版了這本）。《淡季專家》的台灣書名副標題是「從地獄朝鮮出走里斯本的那一年」，主角自稱為「不認同主義創始人」，是一位希望把自己「格式化」、離群索居到異鄉重啟新生的人。當這個世界熱衷於解釋世界「運轉的原理」時，這本書試圖介紹那些從來不能、不願進入運轉軌道，或者被拋出軌道的一切。

《淡季專家》開場提及有趣的建國神話：一隻熊與一隻虎向上天

許願想成為人類，天神告訴牠們只得吃艾草和大蒜，並在不見天日的洞穴中待滿一百天，即可實現願望。老虎後來捱不住逃走了，只留下熊邊剝蒜邊忍耐，最後化身為女子，產下大韓民族子孫。《淡季專家》認為這個神話反映了韓國的價值觀：社會普遍追求那隻熊所象徵的人設，也就是「把優越存在的提議當成現實接受之後，在自己的崗位上默默忍耐，最終達成目標的那種人」。那隻出走的老虎呢？因為存在感太低落，多數人沒把虎型失格者放在心上。

我十分鍾愛的韓劇《我的出走日記》非常適合與《淡季專家》搭配服用，因為劇中要角全數是處處格格不入、想出逃的虎型人，同時也不遺餘力地批判韓國社會體制的壓抑。那些感覺內心總是無法被填滿，僅僅是「活著」（無時無刻都在勞動，卻沒有好好活著的感覺），彷彿被囚禁在哪裡，卻說不出所以然的人物，儘管百無聊賴，卻試圖從困住自己的洞穴中逃走。女主角上班的公司半強迫員工加入社團，甚至設置了「幸福支援中心」單位安排員工入社，女主角不得已之下與另外兩名無意加入任何社團的人組織了「出走同好會」。為了應付公司，他們講了一個看似冠冕堂皇的創設理由：「大韓民國雖然在一九四五年獨立，但是我們還沒有獲得解放。」會規很簡單：團員分享自己想出走的想法，其他成員僅能傾聽，不得加油打氣，也不批判。

年歲漸長，也會知道不是所有心理有缺口的人有足夠的力量逃走，太多人連逃的意願也沒有，他們只是疲憊地、默默地任由流沙將自己帶走。即使這樣也還不能平靜。

很久以前聽聞有人說她從來不讀散文，原因是「散文裡說的她都懂」，我想她可能把散文誤會成心靈雞湯烹調者的文集，好像是人生也有保證班，某個油門催下去，瞬間能加速進入黃金地段。

從這個角度來看，我覺得韓劇《我的出走日記》把各種熄火的心理狀態表現得極好。

無力對抗流沙般的困境，卻不得不拚命抵抗，我想每個人的一生之中，勢必會在某個節點出現「受困」的無力感，大約是某種無論怎麼努力也找不到出口與解方，一切都相當徒勞的心情（如果從來沒有這種困擾，我不確定是幸還是不幸）。在僵局之中尋求解放卻不可得，該如何突圍呢？或許可以讀讀卡繆（Albert Camus）的《薛西弗斯的神話》（*Le Mythe de Sisyphe*），但是這本書實在太沉重了……面對深層的疲倦，有時候只想躺在沙發上嘆口氣閉目養神。此時此刻，我深以為追一下《我的出走日記》這齣劇是很好的替代方案，我想卡繆也會同意。

提及「出走」與「城市」，不能不提到卡爾維諾（Italo Calvino）著名的《看不見的城市》（*Le città invisibili*），此書虛構帝國統治者忽必烈與世界旅人馬可波羅的對話，虛構城市風景，試圖描繪抽象的人文精神。《看不見的城市》結語讓我印象深刻，我覺得相當適合作為《淡季專家》與《我的出走日記》註腳。書末，馬可波羅對忽必烈說：

> 生靈的地獄，不是一個即將來臨的地方；如果真的有一個地獄，它已經在這兒存在了，那是我們每天生活其間的

地獄，是我們聚在一起而形成的地獄。有兩種方法可以逃離，不再受苦痛折磨。對大多數人而言，第一種方法比較容易：接受地獄，成為它的一部分，直到你再也看不到它。第二種方法比較危險，而且需要時時戒慎憂慮：在地獄裡頭，尋找並學習辨認什麼人，以及什麼東西不是地獄，然後，讓它們繼續存活，給它們空間。

我們需要那樣的空間。

野物考現

書
- 《淡季專家》，金瀚旻
- 《看不見的城市》，卡爾維諾
- 《薛西弗斯的神話》，卡繆

影
- 《我的出走日記》，金錫潤（導演）、朴海英（編劇）

06 蚯蚓之光

蚯蚓的一生也太慘。
渺小的人類境況也是常常是吃土復吃土……

我本人是臉書「田文社」（駐點宜蘭深溝村之農業報導網站）的忠實粉絲，如果你也像我一樣三不五時巡水田一樣逛田文社，應該熟悉他們的吉祥物（？）乃粉紅色的福壽螺卵，田文社除了推銷地方農產、介紹悲喜交織的務農實況，也販售繡有「螺福宮」的粉紅棒球帽、福壽螺卵紋身貼紙與玩具、「歡螺喜穀」福壽紅包袋等周邊產品，讓人時時刻刻記得福壽螺卵對台灣農民來說是多麼難纏的角色。

逛田文社時會像我一樣嗤嗤偷笑的讀者，料想也會喜歡義大利圖像創作者諾耶蜜・沃拉（Noemi Vola）的作品。如同福壽螺卵之於田文社，蚯蚓絕對是諾耶蜜的創作謬斯（她的官網也賣繡有蚯蚓的棒球帽等周邊產品喔），唯一的差異是蚯蚓堪稱農民的寶貝，福壽螺卵不是。諾耶蜜此前甚至出版了一部情深似海、致敬蚯蚓的科普書《蚯蚓的一生也太慘》（*Sulla vita sfortunata dei vermi*）[3]，此書與一般有優良催眠效果的科普書截然不同，畫風搞笑，但同時又散發出哲學神諭的光輝；透過一隻被閃電劈中吶喊「我是誰？我在哪裡？」的蚯蚓，作者廣角地思考生而為蚯蚓的定位與蟲生的意義，讀之不禁心有戚戚，畢竟渺小的人類境況也是常常是吃土復吃土。

總之，翻開諾耶蜜的作品，蚯蚓永遠是一哥，就算不是，也是閃亮的跑龍套。《想哭就哭成一座噴水池》（*If You Cry Like a Fountain*）好一陣子榮登本人心目中的繪本冠軍代表，它總是能翻轉一些刻板印象中悲催的元素，讓它變得熠熠動人——悲傷的時候就盡情揮灑眼淚吧！哭成一鍋鹽水，剛好下義大利麵；哭得像一座噴水池，也能讓鴿子在淚雨中快樂洗澡。

後來台灣再接再厲推出一本諾耶蜜的繪本《結局？故事才不會就這樣結束呢》（*Fim? Isto não acaba assim*），它是這樣開場的：「我小時候想要成為一名結局修改師。換句話說也就是能夠修改故事結局的人。因為如果你有注意到的話，你會發現很多故事都在最精彩的地方，出現了最糟糕的結局……」（配圖為兩隻正在親吻的恐龍後方墜下一顆超大的毀滅性彗星）——我覺得這個開場白非常中肯，您是否在花了十八個小時追劇之後心中常常浮現同樣的OS呢？像這樣公然挑戰爛尾劇作的故事書，到底是怎麼結尾的呢？在這裡就不先破哏了。

台灣出版的第三本諾耶蜜作品是由她繪圖，作家大衛．卡利（Davide Cali）撰文的繪本《沒有為什麼：親子溝通翻譯手冊——破解爸媽的外星話》（*Pergunta ao teu pai*），對我來說這個創作組合堪稱全明星陣容，又是一本必須收藏的好書。大衛．卡利是一位非常多產、說故事手法不落俗套的童書作家，經常與世界各國的圖像創作者合作

3 中國譯名《可憐蟲蚯蚓的生活：一部很有趣的蚯蚓簡史》。

推出繪本，《沒有為什麼》結合兩位創作者的幽默與童心之大成。小心請注意，父母在祥和睡前時光讀給小孩聽，可能會擦槍走火、惱羞成怒，因為本書的目標是「破解爸媽的外星話」，其實就是戳破爸媽虛與委蛇、言不由衷的各種話術——「或許吧……我們再看看」翻譯成白話文是 NO WAY，「沒有為什麼！」表示大人沒轍答不上來，「等你到我這個年紀就懂了」是按下句點鍵的意思，書裡的金句太多，每一句聽起來都好親切，小朋友們真是辛苦了。

繪本作家非常喜歡運用動物角色吸引讀者換位思考，這不稀奇，比較稀奇的是讓人同理蚯蚓，而且在各式各樣書中讓蚯蚓盡情地「做自己」。繪本作家同樣喜歡為孩子設想，然而完全從孩子的立場去「虧」大人，又拳拳到肉，圖文俱佳，《沒有為什麼》亦是少數中的珍品。

啊，專欄文寫到這兒，通常很難收尾，此時我也想 cue 諾耶蜜出場大破大立幫我寫個結局。讓蚯蚓君上場救援，應該也很美。

野物考現

繪

- 《想哭就哭成一座噴水池》，諾耶蜜．沃拉
- 《結局？故事才不會就這樣結束呢》，諾耶蜜．沃拉
- 《蚯蚓的一生也太慘》，諾耶蜜．沃拉
- 《沒有為什麼：親子溝通翻譯手冊——破解爸媽的外星話》，大衛．卡利（文）、諾耶蜜．沃拉（圖）

07 超深度鯰魚

密西西比河見證歷史，有很長一段時間，
只有美國黑奴等貧窮人家才吃廉價的鯰魚……

朋友職場多波瀾，聚餐時無奈地說，主管空降了一位 PM，意圖提昇團體的競爭力。聽過「鯰魚效應」嗎？「在一群泥鰍裡放一隻活蹦亂跳的鯰魚，能有效激發泥鰍的危機感，拚命扭動的泥鰍生命力更旺盛，肉質也更結實鮮嫩」，不同國情之下，「泥鰍」可以置換為「沙丁魚」或「鱈魚」，這是企業管理理論中很知名的論點。

不過，朋友公司裡的泥鰍都跳槽去也，只留下一灘爛泥。管理者若輕易聽信企業管理有關「提升績效」的偉大寓言，透過高壓制度奴化下屬，最終的結局都不是太喜樂，這是出社會之後，我親身體驗也

〈抗震之歌〉，無名氏繪，1855 年。
日本傳說中鯰魚扭動是地震主因（近似「地牛翻山」的神話），
鯰繪因此是浮世繪熱門主題。

不時耳聞的老掉牙故事。

某位勉強識得幾個中文字的外國朋友有次在夜市看到「當歸土虱」，問我土虱是什麼，他說他認得虱目魚的「虱」，但那魚看起來不像 milkfish（虱目魚），我跟他說土虱就是某種 catfish。牛奶魚和貓魚，英文名字聽起來有點可愛，後來我查了一下，catfish 是一種俗稱，多半指的是頭大大臉扁扁鯰形目的魚，鯰魚和土虱都是，但是鯰魚和土虱其實不同，要判別據說要數數看鬍子有幾根。之所以稱之為「貓魚」，應該是這些魚都鬍子多吧！

鯰魚鬍子長，頭又大又扁，導致兩隻眼睛分得特別開，總是一副喝茫的表情，看起來不太美味。我在紐約哈林區居住過一陣子，走在路上不時會踢到吃剩的雞骨頭，這是因為美國「靈魂料理」（soul food，非裔美國人的傳統南方美食）特別鍾情燉得軟綿的菜餚，以及煎炸得酥脆噴香的料理，炸雞是其一。除此之外，裹玉米粉的煎魚片也是靈魂料理的要角，在美國南方小鎮，道地的靈魂料理煎的是鯰魚片，味道其實不錯。

鯰魚是生命力頑強的魚種，世界各地的淡水河常見。讀馬克・吐溫（Mark Twain）的《哈克歷險記》（*Adventures of Huckleberry Finn*，亦譯頑童歷險記），可以看到頑童哈克一天到晚釣密西西比河的鯰魚來吃。哈克為了遠離家人而詐死，避世於河上島洲，豈知碰上害怕被轉賣到紐奧良同樣出逃的黑奴吉姆，兩人打完招呼後做的第一件事就是煎鯰魚大吃一頓。幾天後，兩人捕到一條將近一八八公分、九十一公斤的鯰魚至尊，哈克讚美「魚肉雪白，煎來吃肯定美味」，與吉姆合力把大魚賣了。

鯰魚高壯得像籃球選手雖然讓人難以置信，但這是真的，到現在美國密西西比河上還是有很多釣客喜歡釣這麼大的鯰魚。哈克與吉姆在離群索居的孤島上實現了人生中最無憂無慮的自由時光，美味的煎鯰魚顯然替這段生活增色不少。密西西比河見證歷史，有很長一段時間，只有美國黑奴等貧窮人家才吃廉價的鯰魚，煎鯰魚其實有這層隱味，馬克．吐溫寫得相當含蓄。

在散文集《少了你的餐桌》裡，川本三郎嘴饞地說，《哈克歷險記》裡的煎鯰魚看起好像很好吃，有機會造訪美國密西西比河流域的時候，說什麼都要嚐一次哈克吃過的鯰魚滋味。後來他與工作夥伴到美國時真的特地上地方餐廳點「頑童哈克的鯰魚」來吃，一行人在店內受到熱烈歡迎。

吃條魚為什麼會受到熱烈的歡迎呢？穿越太平洋來吃鯰魚，實在是稀客，不僅如此，借用村上春樹的話，這可是有「超 deep」的文化情感在裡面。村上的《邊境．近境》旅遊書收錄了〈讚岐．超深度烏龍麵紀行〉，聊他跑去香川縣大吃特吃烏龍麵之事，寫得相當好笑，讓人食指大動，想跟風去呼嚕呼嚕吸食烏龍麵。村上大叔強調讚岐烏龍麵和其他地方的烏龍麵「有本質上的不同」，這裡的麵「超ディープ」（超 deep，超有深度），學問很深。到底有多 deep？村上大叔做了個只能意會的比方：就像深入某個美國南方小鎮吃炸鯰魚的調調。以台灣的情境來說，大概就是去東港懂吃湯飯，去台中懂喝麻荓湯的逸趣。

川本三郎在台灣最知名的譯作是《我愛過的那個時代》，以一名退役記者的身分回顧日本六〇年代一些重要事件，充滿了社會批判與個人自省，《少了你的餐桌》則完全是私人回憶錄，透過「吃」回憶過世的妻子，以及回憶中的重要人物。無論談的是嚴肅議題或生活日常，川本三郎用筆皆簡練而深邃，閱讀時讓人為之震動。他說，自己有了年歲後，才在東京下町的居酒屋學會一個人喝酒的況味。我覺得《少了你的餐桌》也很適合獨酌，文字讀起來清淡如水，後勁卻很驚人，是「大人飲酒的滋味」，超級 deep。

野物考現

書

- 《少了你的餐桌》，川本三郎
- 《我愛過的那個時代》，川本三郎
- 《哈克歷險記》，馬克・吐溫
- 《邊境・近境》，村上春樹

08
鳥人與紙船

這些「鳥人」在現世裡
遭遇種種死而復生的精神性病態與衰弱。

有一天，我母親摺了一艘超巨型紙船當成禮物送給外孫女，我瞅了一眼，心想這精美的紙質與印花好熟悉……啊呀！我略為激動地指出，這不是每年民眾瘋搶的林務局美型月曆嗎？（我的意思是，摺紙船的材料不能更平凡些嗎？）

自然我父母的回覆平靜非常，彷彿只是描述一枚葉落，答曰：是啊，去年的啦。是噢，我經常向朋友提起，父母家中的餐廳恆常掛著月曆或日曆，所謂的 calendar 功能和時間節氣徹底無關，只能具體反應飲食活動——這些贈送的月曆或日曆多半是拿來墊魚骨頭，有時候墊龍眼殼、蝦殼或剛蒸出來的包子饅頭，吃飯時間人人豪氣唰唰唰從牆上撕下日曆月曆，吃海鮮多的時候日子跑得比較快，還沒入秋，吾家月曆可能已吃到了冬至；吃得比較清爽，可能歲已中秋，月曆還在划龍舟。時間非線性軸，比較像被花貓扯亂的毛線，愛因斯坦的夢[4]。

在這款優良的家風照拂下，某一年我得到文學獎，吾弟吃飯的時候，我們的母親將一張印有我大頭照與得獎訊息的報紙遞到他面前，吾弟自然也以為我媽要讓他墊魚骨頭，差點在我的大頭照上呸一口魚刺。

波蘭作家舒茲（Bruno Schulz）曾在〈書〉這則短篇中描述自己曾經遍尋不著一本童年時期的「書」，某天卻赫然在家中幫傭手中發現書的殘骸，他吃力地問：「妳從哪裡拿到這本書的？」

「呆子。」幫傭聳聳肩說：「這東西一直放在這兒啊。我們每天撕它個幾頁去包從肉鋪裡買回來的肉，或是你父親的早餐……」聞此，小舒茲「整個人激動得像是洶湧的大海」[5]。

心愛的書竟然被拿來墊便當……讀到這麼晴天霹靂的悲劇，我卻很不識相地笑了，想到家裡的月曆。

舒茲的故事也只有這麼一處讓我發笑。整體來說，舒茲所經歷與描繪的世界是悲劇性的，若有任何喜劇的成分，也都是黑色喜劇。在舒茲拿著一根麵包走在街上猝不及防地被蓋世太保槍擊身亡前，他倉促的一生只發表過兩本短篇小說集《鱷魚街》（*Ulica krokodyli*）與《沙漏下的療養院》（*Sanatorium pod klepsydrą*），圍繞「童年」與「父親」兩大主題，反覆書寫小鎮畸人以及不斷死而復生的父親，沒有什麼具體的情節，因融入大量魔幻寫實手法而被歸類為小說，但敘述像散文，文風又像詩，風格乖張而瑰麗，像文學界的波希（Jheronimus Bosch）或高第（Antoni Gaudí），許多段落經常讓人讀得眼冒金星，對於第一次讀舒茲的讀者來說，也許可以從〈肉桂店〉這則短篇[6]讀起，它精巧地示範了舒茲打造的迷宮，如何展現鏡像般無限延展、讓人目眩神迷的想像力。

---

4 《愛因斯坦的夢》（*Einstein's Dreams*）為一本解構線性「時間」的小說。

5 〈書〉為《沙漏下的療養院》首章。

6 〈肉桂店〉收錄於《鱷魚街》。

許多人將舒茲與卡夫卡相提並論（其實我覺得他們連相貌都有些相似），主要原因是舒茲筆下的父親讓人想到《變形記》（*Die Verwandlung*）裡的際遇，只不過卡夫卡的文字清冷，但舒茲繁縟，而且舒茲的父親在故事裡簡直是變形金剛，竟然可以變身為兀鷹、蒼蠅、蟑螂或螃蟹，舒茲還讓筆下的母親把父親變成的螃蟹煮成了海鮮湯。

舒茲的父親原本是一名成功的布商，後來因生理或心理上的病閒賦家中，曾經為鳥痴狂，從各國運來一堆受精鳥蛋，在自家房間內孵化豢養百鳥，在幻境創造了屬於自己的王國（或者說「療養院」），彷彿藉此填補現實世界中的失落。這個王國不幸最後被先前提到那位拿愛書墊便當的冒失幫傭給摧毀了，某天大掃除她打開窗戶「放生」了所有的鳥，舒茲父親失魂落魄，像是「一位剛剛失去了自己寶座和王國的，被流放的國王」——這一段情節成了《鱷魚街》一書前後呼應也最重要的意象。

如果你看過幾年前的黑色喜劇電影《鳥人》（*Birdman*），也許會發現這部同樣充斥魔幻寫實手法的故事與《鱷魚街》的意象遙遙相應——劇中不得志的演員不斷透過幻想自己是虛擬英雄「鳥人」而重獲征服的快感，振翅可傲視人間，彈指足以傾城，再也不受現實與空間侷限。

然而我更喜歡中文同名的一九八四年《鳥人》（*Birdy*）老片，片中的「鳥人」是名鳥癡，與現實世界格格不入，從小造鳥屋養群鳥，嚮往能夠翱翔的自由，打了越戰之後精神受到創傷，進療養院後封閉自我，卻依然「想飛」，運用了大量的回溯手法，描繪了鳥人與好友的青春往事，敘事手法卻更顯細柔。

彷彿某種殘酷的寓言，這些「鳥人」在現世裡遭遇種種死而復生的精神性病態與衰弱，然而就像一名空中飛人在凌空的剎那，期待一雙接住自己的手，他們的願望如此龐大，又顯得如此微渺。

野物考現

書

- 《愛因斯坦的夢》，艾倫・萊特曼（Alan Lightman）
- 《鱷魚街》，舒茲
- 《沙漏下的療養院》，舒茲
- 《變形記》，卡夫卡

影

- 《鳥人》（1984），亞倫・帕克（Alan Parker）
- 《鳥人》（2014），阿利安卓・岡札雷・伊納利圖（Alejandro González Iñárritu）

09 馴鷹

盤旋的鷹，
像這座城市浮動的地標。

但願低飛在人少，近水的臨界，
且頻頻俯見自己以駭然之姿
起落於廓大的寂靜，我丘壑凜凜的心

——楊牧，〈心之鷹〉

每次經過基隆港的時候，總會反射性地朝天空觀望一會兒，即使在灰暗天幕下，幾乎都能看見幾隻盤旋的鷹，像這座城市浮動的地標。

鷹與隼多半生活於遠離人群的山林，但是基隆港上常見的黑鳶（老鷹）是最靠近人類的一種，無論港都、農村、都會區都經常可見其身影。台灣繪本《哇！公園有鷹》描繪了鳳頭蒼鷹靠著高超飛行技術閃躲汽車、與都會和平生活共存的實例；拍攝歷程超過二十三年的紀錄片《老鷹想飛》則平實敘述了基隆「老鷹先生」沈振中與生態變遷的故事，紀錄片對於主角為何矢志投身老鷹保育二十年的前因點到為止，沈振中所撰寫的《老鷹的故事》書中才有詳細敘述他對基隆老鷹處境感同身受的悲慟。

《老鷹的故事》悲壯之處使人動容，《老鷹想飛》卻有許多淡然卻深深打動我的細節（比如帶著斷翼老鷹「寶貝」再次體驗飛翔，以及沈振中在家徒四壁的家翻閱筆記的片段），沒有太多喧囂的批判，林強為片子所做的配樂甚至是輕快的。依照近年許多喜歡將寫實戲劇化的紀錄片導演習慣，這樣的故事可能會被配上煞有其事的煽情配樂和抑揚頓挫的評論攻擊，幸而這部片避開了那樣的猛藥，可能是少了花俏的裝飾，直指人心的力量反而更大。

香港給觀光客的印象是高度開發的都市叢林，但是我經常看到牛啊、豬啊，甚至豪豬等各式野獸漫步鬧街的香港新聞，台北至少不會有「豪豬正在逛忠孝東路請小心」的快訊。《老鷹想飛》片中提及，香港的老鷹（香港人稱之為「麻鷹」）輕鬆可見，大概是全台老鷹數量的好幾倍。香港友人說香港的鷹有部分住南丫島當地石礦場採礦後留下的爆破洞，早晚皆能看到成群的鷹晒太陽、洗澡或捕食，推論現代化城市沒有農耕，少了殺蟲農藥，所以得以倖存，與《老鷹想飛》中片段的推論不謀而合。

英國導演肯・洛區（Ken Loach）關注底層階級與勞工權益，擅長以紀實手法描繪社會性題材，早期最知名的電影《鷹與男孩》（Kes）講述一個礦村小孩比利鎮日疲於應付缺乏關愛的家庭、經濟與學校生活，此後偶然捕獲並馴化了一隻紅隼——在這過程中，他難得地獲得了另一個生命的信任與尊重，也展現了他無處發揮的長處。我是在台北一個地下放映聚會中第一次觀賞這部電影，片源可能是盜版，字幕翻譯破爛，約克郡英國方言對我的耳朵來說過於晦澀，我就在字幕與腔調的折磨之中勉強看完了這個工礦城鎮與自然野禽戲劇性並置的故事。

此後，特地找了這部改編電影的原著小說《鷹與男孩》（*A Kestrel for a Knave*）來讀，這才能體會到為什麼這個簡單的故事成為英國國民經典讀物，而肯．洛區當年又為什麼願意為它拍一部電影。

比起可以說簡樸的電影版本，小說版的《鷹與男孩》置入了許多影像所無法言述的出色細節，比如在課堂上，老師請學生寫「一個荒誕不經的故事」，比利寫出來的故事卻是一個幸福家庭的想像。又比如男孩與老師聊馴鷹，幾乎是一場哲學思辨。

人們喜歡可溺愛、擁抱、易使喚的寵物，但比利喜歡他的鷹，顯然是因為牠是與自己平等的獨立個體。

野物考現

書
- 〈心之鷹〉／《時光命題》，楊牧
- 《老鷹的故事》，沈振中
- 《鷹與男孩》，貝瑞·漢斯（Barry Hines）

繪
- 《哇！公園有鷹》，何華仁

影
- 《老鷹想飛》，梁皆得
- 《鷹與男孩》，肯·洛區

10 霧中的刺蝟與鼴鼠

一彎月牙載著牠飛上天，
將那顆綠寶石鑲進夜幕，成為一顆閃亮的綠星。

久遠前我常依賴陌生人的好心腸而活，隻身在異國的沙發衝浪，至今仍深懷感恩。某年夏天我短暫借宿布達佩斯的一個小家庭，女主人正在放育嬰假，聊天時得知當地的法定育嬰假可長達三年，給薪優渥。彼時台灣的育嬰友善政策仍在艱辛匍匐的初期，地球另一端美國資本主義社會的相關政策更是慘不忍睹，得知匈牙利的社會福利臻此，心中不無震撼。那是我第一次具體感受到後共產國家繼承的社會主義理想，儘管這份福澤或許將在資本主義當家的全球化熱潮中稀釋。

也是在那個夏天，我在那個小家庭初識小鼴鼠妙妙，吃驚地首度知道這世界上居然有這麼一位與米老鼠分庭抗禮的劃時代卡通明星。冷戰時期，世界政權分裂成「鐵幕國家」與「邪惡美帝」，兩大派系相互攻訐。布達佩斯的女主人告訴我，共產時期，政府為了確保人民不被資本主義帶壞，匈牙利人每三年最多只能出國一次。在那樣勢不兩立的冷戰氣氛中，一派人馬害怕人民受到赤化，另一派人馬擔心人民被資本主義腐蝕，為此雙方陣營格外重視意識形態「教育」。

毫不意外地，也曾聽聞伊朗朋友提及，成長過程中幾乎難以透過正常管道接觸到所謂的好萊塢電影；當年無論是在蘇聯、東歐共產國家或伊朗等地方長大的孩子，長期以來對迪士尼產品都無比陌生。孩子童年時期接觸的卡通世界，鮮明地反映了大人心中政治正確的設想。經過日本殖民與戰後美援時期的台灣，小朋友下課後、吃飯前看的卡通以日系與美系為大宗，與此同時，匈牙利小朋友看的是小鼴鼠妙妙。

小鼴鼠妙妙的創作者是來自捷克的茲德涅克．米萊爾（Zdeněk Miler），他在那個時代氛圍下加入動畫工作室，不可避免肩負著傳達社會共產主義精神的任務。一九五七年，初登螢幕的《小鼴鼠妙妙做褲子》（*Jak krtek ke kalhotkám přišel*）幾乎可以說是這項任務的具體實踐：小鼴鼠妙妙希望有件褲子，因此與不同動物合作勞動，自製生產工具，紡絲、織布、裁剪、縫製，完成了身上的吊帶褲。此後小鼴鼠妙妙陪伴孩子四十餘年，細究起來它引渡了不少反映時代氣氛的作品，比如太空競技時代小鼴鼠妙妙也曾登上火箭，又比如說，《小鼴鼠進城》（*Krtek ve městě*）描繪了鼴鼠居住的森林如何一夜之間被砍伐殆盡，建設成一座遠離自然的大都市。

這年頭打開電視，要找到讓人心情祥和的卡通還真難得。匈牙利之行後我看過無數小鼴鼠妙妙的故事，為它的沉靜詩意與十足保羅．克利（Paul Klee）風格的色調著迷，相較於偏好視覺鮮豔、配樂與節奏亢奮的美式卡通，小鼴鼠妙妙系列可說是既溫柔又紓壓。以此標準來看，二十一世紀英國的《莎拉與乖乖鴨》（*Sarah & Duck*）算是禪風溫柔派的後起之秀。

也許台灣的孩子對小鼴鼠妙妙卡通並不熟悉，但是它的詩意曾經偷偷影響了台灣的詩人。劉克襄自述，八〇年代創作的散文詩集《小鼴鼠的看法》受到魯迅的散文詩集《野草》，以及小鼴鼠妙妙動畫的啟發。畫家何華仁早年與劉克襄常常在台北放映地下電影的「跳蚤窩」觀賞國外經典，不久後何華仁為《小鼴鼠的看法》繪製封面及插圖，拿著包袱的小動物出奇地不像小鼴鼠（俗稱飛鼠），也不像小鼴鼠妙妙，更像俄羅斯動畫導演尤里・諾斯汀（Yuri Norstein）的經典短片《霧中刺蝟》（*Hedgehog in the Fog*）（一九七五）主角，想必《霧中刺蝟》的詩情同樣曾經撼動過繪者的心。

有一則小鼴鼠妙妙故事講牠在地底掘出了一顆閃亮的綠寶石，一直很想把綠寶石放到星空裡。最後是一彎月牙載著牠飛上天，將那顆綠寶石鑲進夜幕，成為一顆閃亮的綠星。我特別喜歡這個故事，覺得它說出了某種難以言喻的、真正無國界的精神追尋。

野物考現

影

．「小鼴鼠妙妙」系列，茲德涅克．米萊爾

．《霧中的刺蝟》，尤里．諾斯汀

書

．《小鼯鼠的看法》，劉克襄

．《野草》，魯迅

Part II

探索奇幻地景

蟲魚鳥獸、天地草木的多重象限

11 小強色彩雅潔

優美的蟑螂畫極其罕見，
人類對這種共享生活空間的不速之客總是心生怨懟。

有一次出門逛日用雜貨店，結帳時發現店門口顯眼的地方擺了一塊紙板，上面釘了幾排小型塑膠袋包裝的褐色假蟑螂。

我不太明白此處為什麼會出現這種品項，遂問老闆其功能，老闆理直氣壯答曰：「嚇人啊！」這嚇人的東西相當暢銷，紙板上只餘八包剩貨，每包十五元。

不過呢，我很確定對蟑螂恐懼這件事是後天培養出來的，至少我便出生於一個斗膽不怕蟑螂的家族。

幾年前看過一個日本綜藝節目做過「北海道人好像沒看過蟑

故宮展出的朱汝琳〈草蟲卷〉截圖。

《蘇利南昆蟲之變態》首圖。

螂？」專題，為了求證，製作單位特地前往北海道採訪路人。對照東京妹子看到蟑螂時驚聲尖叫的窘狀，北海道妹子不但說出「我上小學之前以為蟑螂只是都市傳說」這樣清新的自白，還紛紛在第一次目睹活蟑螂時不帶任何偏見地說出「感動」這樣的禪語。

之前故宮推出一個相當有趣的「草蟲捉迷藏」特展，「草蟲」是有九百年歷史的古典專門畫科，為了宣傳，館方廣發新聞稿指出一個趣味亮點——清代畫家朱汝琳的「草蟲卷」在長軸上畫了七十種草蟲，在訴求唯美的蝶群中，赫然出現一隻大蟑螂。記者報導：「『小強』色彩雅潔，顛覆蟑螂醜惡形象。」到底是能多雅潔呢？這可激起了我的好奇心。可能因為反差太激烈，在展場裡面，眾人踅到這卷長軸旁，看得最起勁的正是這隻真實比例的小強。展覽買一送一，另外展示了一幅題名為〈蟻蟑〉的小品（一般認為是元代書畫家錢選之作），畫面描繪一群螞蟻搬食腹部朝天的蟑螂，水墨與構圖恬淡，看起來非但不討人厭，可說相當討喜。

在西方世界中，優美的蟑螂畫也極其罕見，人類對這種共享生活空間的不速之客總是心生怨懟。美國德州聖安東尼奧動物園（San Antonio Zoo）可能特別理解這種怨懟的心情，於是乎園方多年在情人節當天舉辦盛大的「為我淚流成蟑」（Cry Me a Cockroach）活動，實施辦法很簡單，參加者只要小額捐款，便可以使用前任情人的名字為某隻蟑螂命名，情人節當天園方會直播那隻蟑螂被其他動物撕咬生吞的畫面，據說反應異常熱烈。

十八世紀的德籍科學家兼畫家梅里安（Maria Sibylla Merian）出版過一本昆蟲界的經典圖文書《蘇利南昆蟲之變態》（*Metamorphosis insectorum Surinamensium*），書中每一幅彩色銅版畫詳細記錄一款南美植物以及一兩種昆蟲的生態——此書的第一幅畫獻給了一株開花的鳳梨與大大小小六隻蟑螂，其中一隻騰空飛起，觸鬚彷彿正在讚嘆鳳梨的甜美。對嫌惡小強的人來說，這樣的開場也許出人意表，但對於昆蟲專家來說，牠們也是令人驚豔的生物。梅里安畫作用色大膽，講究植物與昆蟲生態的張力，那種生機勃勃的氣勢，與故宮草蟲展作品講究意境典雅的纖弱截然不同。

台灣昆蟲研究者朱耀沂自學界退休之後，寫過一系列非常有趣的昆蟲科普書，諸如《黑道昆蟲記》、《蟑螂博物學》。昆蟲的世界並沒有絕對的正邪兩道，故宮草蟲展中的明星蝴蝶備受愛戴，然而在梅里安的時代，蝴蝶等會變態的昆蟲卻被視為「魔鬼的野獸」。蟑螂也有蟑螂的玻璃天花板——無論故宮精工器皿或錦衣綢緞，蟑螂皆無法獲得一席之地，人類的喜惡是無情的。

朱耀沂的《黑道昆蟲記》試圖借用一些人類定義下的「黑社會」框架（掠食、分贓甚至義氣相挺等行為），介紹許多昆蟲界潛規則。蟑螂雖然不算昆蟲界教父級的角頭，至少是家屋中的暗黑勢力，《黑道昆蟲記》自然有向蟑螂致敬的段落。朱爺爺講故事喜歡自己畫插圖，並從開天闢地的宏觀視角開場，再分頭講述微觀的細節，所以《蟑螂博物學》從三億年前蟑螂超級祖先的生存環境開始聊起，一直暢談到未來的「機械蟑螂」，蟑螂得很徹底。朱耀沂認為「黑道」昆蟲未來多半會試圖從競爭走向共存的進化——人類打算參考蟑螂開發高性能的機械蟑螂幫手，大概是這個預言的具體實踐。

野物考現

書

- 《昆蟲黑道記》，朱耀沂
- 《蟑螂博物學》，朱耀沂
- 《蘇利南昆蟲之變態》，瑪麗亞・西碧拉・梅里安

藝

- 〈草蟲卷〉，朱汝琳（圖源：國立故宮博物院，臺北，CC BY 4.0 @ www.npm.gov.tw）
- 《草蟲捉迷藏》，故宮博物院

12 九月與蛾

九月與蛾都容易讓人陷入感懷，
或許是兩者都暗示了秋意。

某次南下出差，順道回美濃。經過烈陽的連續轟炸，阿嬤家前方的一小畝田意志消沉，只有果樹像吸飽了陽光的蜜汁結實纍纍地撐場，地表上其餘能收成的蔬菜只有零星的茄子、長不大的青蔥與過老的番薯葉。

許多農田趁這個時節休耕，土地上最常見到的是羽狀複葉的「田菁」，雖然田菁的作用是充當綠肥，終究會被輾進土中，但它們姿態狂野，比起許多經濟作物更激情地生長著，高度甚至可與人齊肩。

阿嬤的田邊長了一大叢南方常見、與田菁一樣不怕熱的常春花，

長春花叢中採蜜的長喙天蛾。

由於其他農作此時都慵懶不事開花，這片花海成了勤勞採蜜者光顧的熱點。我在花叢內看到一隻自備吸管、豪飲十幾朵長春花的肥美生物，豪飲過程中，此君表演了非常酷炫的「懸停」定翼飛行法，翅膀振動飛快，吸蜜的時候不像蜜蜂東搖西晃，空拍機般定點懸浮，於是順手拍了幾張寫真回家，興奮地報告家長本人看到蜂鳥。鳥類知識顯然比我豐富的家父冷酷地表示：「台灣沒有蜂鳥。」並且告知此物應當為蛾。

後來才知道此君名為長喙天蛾或蜂鳥鷹蛾，顧名思義吸管特長，動作神態確實與蜂鳥相似，是昆蟲界的「四不像」，不像多數蛾夜間活動，又像蜜蜂一樣會發出嗡嗡響。

將蛾誤認為鳥聽起來相當愚蠢，但此君的相貌與氣質確實和一般人理解中的「蛾」有點差距——不是應該像個癡情種般撲火嗎？怎麼這麼歡樂地光天化日下在花叢裡採蜜呢？

看來不是只有我有這樣的成見——維吉尼亞・吳爾芙（Virginia

Woolf）的散文〈飛蛾之死〉（The Death of the Moth）開頭就寫：

白晝出沒的飛蛾稱之為蛾似乎不太適切，沉睡於簾幕幽暗處、最常見的那種黃夜蛾（yellow underwing）總會激起一股深沉秋夜和常春藤小花[7]般的宜人感受，但白日出沒的飛蛾無法。白晝出沒的蛾結合了蝶與蛾的雙重特質，不像蝴蝶那麼歡樂，又不如其同類那麼肅穆。

〈飛蛾之死〉記述了某個九月初秋的近午時分，窗外是忙碌的農耕景象，翻好的新土濕潤黑亮，清爽的空氣中是勃勃生機，窗內卻是一隻逃不出命運之暗面的垂死小蛾。

不可否認，九月與蛾都容易讓人陷入感懷，或許是兩者都暗示了秋意。即使九月的台灣多半還是熱得像烤番薯，但是當江淑娜以菸嗓唱「當滿山楓葉一片片紅了，九月」[8]唱紅了情殤，大家便集體進入

7 常春藤花期在秋季。

8 〈九月〉收錄於江淑娜《長夜悄悄・九月》專輯。

了秋意濃的情境；當李壽全感性地在〈8又二分之一〉裡唱「忙碌的工作，失神的片刻，電話那頭往日的戀人（女聲：生日快樂！）……那是九月的午後」，我便起了雞皮疙瘩——倘使唱的是十月、十一月或十二月都不那麼對。同樣地，在象徵意義上，蛾這種生物似乎也散發著悲秋傷月的費洛蒙（即使這個世界上的蛾並不如想像中的憂鬱），因此被寫入文學之中的蛾，總是像永澤[9]一樣自帶陰影，而不會讓人聯想到一邊唱歌一邊採蜜的蜂鳥鷹蛾。

《大亨小傳》（*The Great Gatsby*）像一匹刺繡細節出神入化的布帛，可以說是文學象徵手法的聖經，非常耐讀。在這本書裡，讓人哀傷的暗示都發生在秋季，而所有虛浮的快樂都擠在一個鬧哄哄的夏季。小說的第三章開頭敘述：

整個夏季，我鄰居的宅邸夜夜傳來音樂。在他藍調的庭院中，紅男綠女飛蛾般在私語、香檳與星輝中穿梭。

在這裡，作者以蛾形容這些赴宴者（而非蝴蝶或其他生物），在那狂歡中投下了幽微的秋意，那股清冷從喧鬧中滲了出來，讀者不難體會。

在美濃，秋意並不那麼明顯，沒有楓紅，而氣候總是要到冬季才能勉強算涼，只有透過作物的生長週期才能意識到季節的更迭。台灣南方的秋季和吳爾芙窗外的風景一樣，沒有無邊落木蕭蕭下的別離惆悵，反倒洋溢著一種終於告別了夏季，可以好好捲起袖子耕作的朝氣。

在吳爾芙過世後一年，〈飛蛾之死〉與其他文章首次出版，一九四二年收錄於同名散文集。可惜作者終究沒有越過她心裡的那扇窗，也許她在那隻小蛾的顫動與掙扎中看見了自己，以及人的脆弱。

9 編註：指動漫《櫻桃小丸子》裡小丸子班上的男同學永澤君男，家中火災後留下陰影，性格陰鬱矛盾。

野物考現

書

．〈飛蛾之死〉，維吉尼亞．吳爾芙

．《大亨小傳》，費茲傑羅（Francis Scott Key Fitzgerald）

音

．〈九月〉／《長夜悄悄．九月》，江淑娜

．〈8又二分之一〉／《8又二分之一》，李壽全

13 蘑菇與魔法

真正的地下蘑菇王國是不死的。

「洗舊」與「抓破」是牛仔褲產業很重要的技術，我不時在網上看到牛仔褲廣告，某些潮牌時尚講究產品破爛的程度，有些牛仔褲看起來彷彿曾慘遭怪獸攻擊，或在坎坷路面上拖行萬里（無誇飾）。有時候你不禁思考，為什麼日子過得比遠古時期舒適的現代人如此講究歷經風霜的氣質。

科普書《菇的呼風喚雨史》介紹真菌在人類文明中如何叱吒風雲，我在書中讀過瑞氏木黴菌對於仿舊水洗牛仔褲時尚的貢獻——瑞氏木黴菌於二戰期間由美軍發現，這種菌分泌的纖維素酶將士兵制服與帆布帳篷分解得千瘡百孔，讓美軍誤以為受到某種生化武器攻擊。

發現真相後，人類將纖維素酶的特性發揚光大，運用在工業各領域，包括取代浮石洗滌或化學藥劑，讓牛仔褲的「做舊」過程更加永續環保。

《菇的呼風喚雨史》序文指出：菌菇其實是「地球上最大的生物」，若以菌索連結不斷的占地面積計算，美國奧勒岡州森林裡「一株」超過兩千四百歲的奧氏蜜環菌占地九百六十五公頃，絕對是王者。

說來有趣，我第一次認識這個經常為人所忽略的事實，卻是從文學家口裡聽來的——二〇一八年的波蘭諾貝爾文學獎得主奧爾嘉．朵卡萩（Olga Nawoja Tokarczuk）十幾年前替《聯合文學》雜誌寫專欄，專欄首篇熱力四射地介紹蘑菇是世界最大生物，比自我介紹的篇幅還長。波蘭是一個熱愛採集野菇的國度，朵卡萩耳濡目染成為重度菇菇控情有可原，蘑菇超乎人所能想像的長壽、巨大而且無堅不摧，在腐朽萬物中生生不息，她只要抓到機會便要宣揚蘑菇的迷人之處。這些特質深深影響到她作品的敘事體例、地理特徵與人物形象，其小說結構龐雜，沒有明顯的故事線，閱讀的過程有點像在森林裡採蘑菇，東一朵西一朵。

就某種程度上來說，朵卡萩的故事幾乎可以說是寫給蘑菇的情書，關於蘑菇的比喻如孢子般四處飄蕩，她把剛升起的月亮形容成「光華燦爛的大蘑菇」（於她應該是最高等級讚美），小說《收集夢的剪貼簿》（*Dom dzienny, dom nocny*）裡不但有大量的蘑菇料理食譜，甚至寫了一整章夢想自己是菇類的無畏宣言：「假如我不是人，我便會是蘑菇。我會是淡漠、無情的蘑菇，會有冷而光滑的皮膚，既堅韌又細嫩。」另一本小說《太古和其他時間》（*Prawiek i inne czasy*）裡收錄〈菌絲體的時間〉的一個章節，力讚菌絲體的低調與無所不在，還有一章則直言：「真正的地下蘑菇王國是不死的。」

不過，講到蘑菇相關作品，我首推林田球的漫畫長篇《異獸魔都》（ドロヘドロ），這是一部具有濃烈賽博龐克（cyberpunk）情調與黑

色幽默的經典，畫風與角色可以既深沉又好笑、粗獷中不失可愛，不著痕跡地談論或翻轉階級、愛情與性別框架，在它面前，《銀翼殺手》（*Blade Runner*）的雨景也要黯然失色，《黑色追緝令》（*Pulp Fiction*）的暴力美學只是小菜一碟。在《異獸魔都》的虛擬世界中，人類居住在一個名為「洞穴」的破敗之都，魔法師經常從另一個世界穿越而來，將人類當成魔法練習的捉弄對象，主角開曼的蜥蜴頭便是魔法後遺症。「煙」則是魔法師世界裡的領導者，他是一位蘑菇狂熱分子，口中吐出的煙可以輕易將生物變成蘑菇，甚至毀滅一座城市。死亡是這部漫畫主題的養分，然而重生的能力亦是，如同蘑菇。

大家不都愛說「沒有人是一座孤島」嗎？林田球或朵卡萩可能會樂於改寫這句話：「沒有人是一顆獨立的蘑菇。」你以為自己是孤獨的，但深掘千絲萬縷的地底，原來蘑菇之外還有蘑菇，請大家菇菇相惜！（里長貌）

野物考現

漫・《魔獸異都》，林田球

書・《太古和其他的時間》，奧爾嘉・朵卡萩
・《蒐集夢的剪貼簿》，奧爾嘉・朵卡萩
・《菇的呼風喚雨史》，顧曉哲

14 空谷幽蘭

許多公共空間裡的樹經常懷抱養子，
就像鯨魚豢養藤壺。

台灣人熱愛在人行道或公園樹上寄養自己的綠色寵物，我不知道他們是在什麼時間點把自己的寵物綁上去的，也許是夜黑風高的晚上，也許是清晨甩手操做完之後，總之許多公共空間裡的樹經常懷抱養子，像鯨魚豢養藤壺。

我家附近 7-11 旁的人行道有棵健壯的樹，前年養了紫紅蘭花，去年托嬰鹿角蕨，主人不明，不妨礙植物健壯成長，鹿角蕨尺寸張狂得像來自芬多精爆棚的深山野林，然而真相是它呼吸的全是燃燒不完全的汽機車廢氣。

台灣路樹是蘭花的托兒所。

街頭鹿角蕨長得越來越美，像時光凝結的瀑布，在都市叢林中並不顯得寂寞。今年，隔壁路樹增加了同伴，突然添綁了一株開得盛大的雪白蘭花，花序斜斜，順著微風微微頷首；花謝後，有人悄悄將花序剪去。失去花序的蘭葉韜光養晦，全無違和地攀在樹的皮殼上，如一枚古典胸針。匆忙的路人，有誰也和我一樣定神看過它盛開的時候？

古時蘭花並非如此隨手可得，數百年前西方貴族名流熱中蒐羅珍禽異獸，藏家祭出重賞，蘭花獵人於是賣命深入蠻荒之地，盜採規模風捲殘雲般直接導致全球各地稀有品種的滅絕。成語「空谷幽蘭」光從字面看也能感覺到蘭類的高冷與難得，如今在台北隨便一抬眼，路樹也能權充小型蘭花展場，更別提逢年過節，送禮自用兩相宜的蘭花軍團在台灣普及到毫不稀奇，這樣的隨興與普及並非偶然。

蘭花愛好者應該熟知《蘭花賊》（*The Orchid Thief*），這本報導文學書以國際重量級罕見品種「幽靈蘭」為焦點，勾勒佛州獨特的文明與野生地景、植物與人類的愛慾糾葛，文風兼顧詼諧與深度，寫景、寫情、寫人皆屬報導文學之翹楚。《蘭花賊》作者蘇珊・歐琳（Susan Orlean）是《紐約客》（*The New Yorker*）雜誌社內記者，原本只是雜誌社派她去佛州跑的一個小報導，但是她覺得採訪對象太有趣，因此開外掛寫出一整本更完整的報導書，題材之特殊，使得這本書超級暢銷，引起好萊塢關注，延請鬼才編劇查理・考夫曼（Charlie Kaufman）將之改編為電影。

在這個長篇閱讀式微的時代，《蘭花賊》是少數讓人感到純文字力量的作品，唯有一字一句地閱讀它，彷彿真正走入佛州短吻鱷埋伏的陰涼沼澤，方能獲得作者所提供的沉浸式體驗。《蘭花賊》難以影視化，此事顯然並不是我的先見，拍攝過影史經典《王牌冤家》（*Being John Malkovich*）、《變腦》（*Eternal Sunshine of the Spotless Mind*）的好萊塢怪才編劇查理・考夫曼試圖改編《蘭花賊》成電影，只是徒勞。電影版請來大牌明星助陣也無用，算是考夫曼職涯中的一大挫折，他索性把這份無能為力的挫折感生動地編進了電影。

疫情期間，財政部統計二〇二一年出口蘭花產值達六十三億元；台灣貴為國際蘭花市場的重要產地，蘭業行家對台灣的熟悉程度，不亞於全球晶片產業對台灣的重視，是以《蘭花賊》三番兩次提到台灣並不讓人太意外。讀畢讓我大感意外的反而是發現書中要角「幽靈蘭」竟能在台灣網路上平價輕鬆購得。幽靈蘭讓《蘭花賊》作者魂牽夢縈，美國僅佛州有原生種，數量稀少，無葉，靠根行光合作用，每年開花一回，紙雕般的純白唇瓣拖曳著兩條細長波浪狀的尾巴，想親眼看到它本尊仰賴天時地利人和，還得擊敗對噬人泥沼鱷魚的恐懼，可遇不可求。台灣南方與佛州位居天涯兩端，卻意外地擁有得天獨厚的相似自然環境，適合栽培蘭花與鹿角蕨這類名品植栽，也同樣習於颱風或颶風的侵襲，堅強的抗災性或許正適合兩地人民擅長開發培育蘭花新品種的冒險性格。

當局者迷，幾乎所有以蘭花為主角的故事訴說的都是同樣一件事。前陣子熱門韓劇《小女子》同樣出現一款「幽靈蘭」，這則媲美台灣電影《血觀音》的恐怖故事以另一種形式闡述了蘭花經濟帶來的心理與經濟效應。韓版幽靈蘭融合了現實與虛構成分，故事設定它採集自越南叢林，靛藍，致命，為公認滅絕的珍奇品種，必須寄生在嚴格控制的限定生長環境，藉此巧喻人性。

過往我買過幾次蘭花，多半是淡白淺綠的品種，賣蘭人囑咐花落後殘葉留著還能再開。癡癡等著，至今我都沒有等到花開，但期待未曾稍減，每當我看見它們的時候。

野物考現

書

- 《蘭花賊》，蘇珊‧歐琳

影

- 《蘭花賊》，查理‧考夫曼（編劇）、史派克‧瓊斯（Spike Jonze，導演）
- 《小女子》，金熙元（導演）

15 章魚心，海底針

看似遙不可及的生物，
以一派輕鬆的溜滑梯之姿溜進現實生活。

看完是枝裕和的電影《比海還深》，照理說應該沉浸在台詞或演技的餘韻之中，腦海卻盤據著電影結尾出現的章魚溜滑梯，似乎哪裡不太對勁。

《比海還深》取景於東京清瀨市的舊社區，片中的章魚溜滑梯看起來朝氣蓬勃，可能是章魚君的禿頭上綁了一條「鉢卷」毛巾的緣故。我不禁想到，台灣許多老派的大象溜滑梯的腰身也常寫著啦啦隊般「生動活潑」、「身心愉快」的四字格言。

比起無精打采、面目模糊的罐頭型塑膠溜滑梯，我私心偏愛這些

《比海還深》電影劇照。（傳影互動提供）

性格派的溜滑梯們。叢林裡的巨獸、深海中的八爪仙，看似遙不可及的生物，以一派輕鬆的溜滑梯之姿溜進現實生活，有種不可言述的療癒感。

《比海還深》的片名取自鄧麗君日文演唱的〈別離的預感〉歌詞。愛一個人可能愛得「比海還深、比天空還藍」嗎？果真如此又能如何？真是大哉問，就好像「成佛之後還能幹嘛」這種哲學課申論題，這首歌與電影本來思索的是這樣苦澀的生命題目，但由於此片阿部寬飾演的失意作家一直出現讓人發笑的白目舉措，樹木希林飾演的老媽媽又維持一貫的溫暖寬厚，紓緩了可能一不小心就讓人流淚的沉重調性，這是是枝裕和擅長的風格，就像他在電影裡安排了颱風，卻又在末了體貼地放晴。在颱風之夜現身的章魚溜滑梯，意外地讓家人聚首，彷彿體貼地打開了和解空間，替風雨飄搖的心情找到足以棲身的暗礁。

如果稍微認識章魚的性格，也許更能感受章魚溜滑梯為《比海還深》帶來的趣味與象徵。對許多人來說，章魚只是一團非常Q彈的蛋白質，但科普書《章魚的內心世界》（*The Soul of an Octopus*）告訴我們，章魚具備心智與靈性，足以媲美大象。為了追捕或逃避其他動物，章魚有預測其他動物行為的想像力，具備一定程度的「自我」意識。牠們聰明、偽裝術一流，有三顆心、九個腦，有玩樂高積木的智商，可以輕易地破解層層關鎖、打開防止兒童意外開啟的塑膠瓶蓋，其「電子皮膚」比變色龍或任何LED廣告看板更能敏捷變幻色彩、融入地景，甚至內建一款名為「浮雲」（看起來像烏雲飄過地面的光影）的動態皮層圖案，讓自己看起來像是在動（實則不然），根本是得道高僧的境界。

也許正因為章魚這些神祕的特質，牠並不總是給人親善的印象，法國科幻小說祖師爺凡爾納（Jules Verne）在十九世紀末寫就的《海底兩萬里》（*Vingt mille lieues sous les mers*）劇情中安插了一隻出了名的章魚大反派，眾人與章魚纏鬥的過程簡直像傳說鄭成功砲打鶯歌怪鳥那般離奇。

總而言之，章魚顯然是可敬的對手。在現實生活裡，有能力在深夜海中以肉眼發現章魚，且不依賴現代釣具便能獵捕到章魚的漁人（通常是深諳水性的島嶼居民），絕對是海裡來去的大內高手。澎湖人提著漁燈「照海」（在潮間帶捕獵）、蘭嶼人持鐵勾以自由潛水的方式夜潛捕章魚，我常聽人說這些故事聽得目眩神迷，彷彿聽的是海底版武俠小說。

希臘小島上經常可以見到衣服般隨意晾曬在繩索上的章魚乾，但是希臘人捕獵章魚的傳統手法，我是在《鳥、野獸與親戚》（*Birds, Beasts and Relatives*）這本趣味盎然的書裡初次認識——作者杜瑞爾（Gerald Durrell）兒時曾與希臘漁夫划著小船夜間出海，好不容易捕獲難纏的章魚，漁夫熟練地將章魚扯下魚叉，把「扭來扭去的梅杜莎頭」放在自己臉前，無視章魚觸手榕樹根般繞頸、吸盤拔罐般在皮膚上留下印子，悠哉地瞄準章魚身體中央，張口咬斷中樞神經。好緊張啊，一想到章魚像墨西哥摔角手面具那樣包覆著漁夫的頭顱，就能想像豪氣干雲的現場氣氛。

村上春樹在《尋找漩渦貓的方法》裡描述過讓人印象深刻的應付章魚方式。造訪夏威夷的時候，村上春樹發現可愛島民抓章魚的方式似乎相對「輕鬆」，他們天亮前起床，在退潮的淺灘上尋找章魚的巢穴，以魚叉似的工具抓章魚。美國人不像希臘人那樣大費周章地處理抓到的章魚，他們怎麼做呢？帶回家裡，全部丟進洗衣機裡一起洗，「只要按下 Sears 全自動洗衣機的『洗衣』和『脫水』按鈕，咕咚咕咚咕咚咕咚咕咚一下，事情就辦完了。」

說到這兒，聽說日本的老派公園時常出現章魚溜滑梯，尤其是大阪，因為大阪人愛吃章魚燒和章魚料理。真的嗎？真是令人燃燒的消息，是該研究一下如何找章魚滑溜一下了。

野物考現

影

・《比海還深》，是枝裕和

書

・《章魚的內心世界》，賽・蒙哥馬利（Sy Montgomery）
・《海底兩萬里》，儒勒・凡爾納
・《鳥、野獸與親戚》，傑洛德・杜瑞爾
・《尋找旋渦貓的方法》，村上春樹

16 麻雀雖小

鄉間小路上方穿梭的電纜經常停駐滿滿的麻雀，牠們應該是在開會討論哪一塊田的自助餐比較好吃。

城市裡的麻雀變少了吧？其實自己也不太確定，好像在後陽台的遮雨棚上偶爾看到，但認真想起來，因為沒有正眼看過牠們，實在不能確定鳥的身分。在一個到處充斥著龐然巨物的都市景觀中，麻雀的存在感被稀釋得非常薄。

偶爾回到美濃，農村的生活因為清淡，麻雀的身影突然變得顯而易見，連啁啾都顯得特別脆亮。鄉間小路上方穿梭的電纜經常停駐滿滿的麻雀，遠遠看像激昂的交響樂譜，牠們應該是在開會討論哪一塊田的自助餐比較好吃。

對農人來說，麻雀的存在感太強，逼不得已只好在田裡裝設一些機關，希望麻雀知難而退。比如，總統大選之後，印有候選人握拳微笑的競選旗幟就會被改插至稻田裡，化身為有嚇阻作用的稻草人，一點都不浪費。

看起來一副有理想有抱負的領袖樣子，好熱血哪，鏡頭一拉遠——什麼嘛，原來只是田裡的稻草人，做做樣子趕麻雀。這樣高度反差、讓人啞然失笑的運鏡手法，就是日本「無賴派」小說家太宰治最擅長的作風。

太宰治寫過一本故事集《御伽草紙》，把日本知名童話改編成無賴派的笑鬧風格，換言之，就是消滅所有偉大勵志性的元素，諧擬成他心目中更接近現實的樣子。他在書中一則〈剪舌雀〉故事前言裡自述寫作動機：「太過完美的強者，是不適合出現在故事裡的。……在我的《御伽草紙》裡出現的角色，沒有日本第一、第二或第三，沒有所謂『代表性的人物』。」透過搞笑的方式，戳破這個世界的偽善，與其讓所謂的英雄講一些疑點重重的成功故事，不如讓存在感幾乎為零的小人物來簡述人世間的無奈，這就是太宰治的目的。在〈剪舌雀〉裡的這番自白，成了他遺世名作《人間失格》的前奏。

挪用經典、諧擬這事並不難，幾乎是一種人性——小朋友最愛用諧音把嚴肅的事（比如國歌）改編成不正經的冷笑話；網路「迷因」春風吹又生，更說明了人性中惡搞的能力並不隨著年紀而銳減。過去，台灣的歌廳秀更是諧擬工廠，比如把披頭四的名曲歌詞「Hey Jude, don't make it bad」唱成閩南語「會癢，就用手扒」（ē tsiūnn, tō īng tshiú pê）。諧擬比較難的是笑中帶淚，有些二次創作帶給人歡樂的前提是你能讀得出那其中的悲涼。

台灣詩人陳柏伶出版過一本戲擬論文格式的詩集《冰能》（「檳榔」諧音），裡面充斥著令人噴笑的詩句，但是它之所以奇葩，在於它的笑點帶有攻擊的力量，比如其中一首詩名為〈雖小〉，內容只有四行：「麻雀雖小／也沒我小／因為我／超雖小」，讓人忍俊不禁。

談及台灣的諧擬天王，不能不提及歌手施文彬與作詞人武雄。因緣巧合之下，他們在一九九八年合體，陸續推出娛樂性十足的「文跡奇武」系列專輯，起先是套用西洋流行歌曲（比如把麥可・傑克森的〈Beat It〉唱成台灣黑社會版〈誰是老大〉），漸漸演變成挪用某些流行風格曲式，不變的是歌詞一律台味十足，好笑並經常讓人覺得「那是啥潲」，但仔細聽，歌裡有銳角也有敦厚，他們的社會關懷、對小人物的同理都埋藏了深情。

「文跡奇武」系列中出現過一首名為〈麻雀雖小〉[10]的歌，曲調延伸自歌仔戲的樂句，歌詞很神祕：「遙遠的啦啦啦一個小島／像一根啦啦啦的香蕉／有人說那裡啦啦啦那麼小／切給別人剛剛好／……就這樣啦啦啦綁手綁腳，麻雀想飛卻飛不了……／只要是啦啦啦自我感覺良好，啦啦啦啦不重要／嘿！麻雀雖小，他五臟俱全，不怕啦啦啦拚命飛向前／嘿！麻雀雖小，他五內俱焚，不管啦啦啦啦啦滄海桑田。」據說那些「啦啦啦啦」是故意留給聽眾填空之用，大家可以懷抱著衰潲的心情，玩一下這個填字遊戲。

鯨向海曾在《大雄》詩集中寫過：「忍住不笑／就會出現莊嚴氣氛。」在我眼中，無論《御伽草紙》或「文跡奇武」，各自莊嚴自在，即使某些人可能會誤以為作者只是高級酸民而已。

野物考現

書

- 《御伽草紙》，太宰治
- 《人間失格》，太宰治
- 〈雖小〉／《冰能》，陳柏伶
- 〈莊嚴氣氛〉／《大雄》，鯨向海

音

- 〈麻雀雖小〉／《文跡奇武2：麻雀雖小》，施文彬、武雄

10 武雄在廣播中曾表示台灣意象讓他想到「蹲著的麻雀」。

約瑟・沃爾夫（Joseph Wolf）繪製的雲豹圖，1862 年。

17 博物館的貴客：恐龍、雲豹與小朋友

雲豹標本之於台灣博物館，
大概是翠玉白菜與紅燒肥肉石之於故宮那樣的重要。

二〇二二年，台中科博館 BRT 候車亭頂篷出現六隻恐龍，古典筆觸與柔美色調出自於台灣繪者鄒駿昇之手，一掃過往恐龍（以及台灣各種為了翻新而粗製濫造的彩繪）視覺上經常帶給人的暴烈與壓迫感，在我看來是一次相當成功的地景改造。

這不是鄒駿昇第一次與博物館合作，或許是因為他的繪畫風格向來具備「博物畫」（自然史相關繪圖）的調性：擅長模擬傳統水墨或木刻版畫線條與網點，講究幾何透視構圖，並時常在畫面中置入解說標示文字。復古情調並非偶然，鄒駿昇的讀者或多或少知道，他自己

的辦公室、其所參與設計的室內空間、台灣藝文報《The Affairs 週刊編集》都曾展示他繪製的大型蜜蜂標本圖，充分反映他對古物（尤其博物畫與解剖模型）收藏的熱情。

後來鄒駿昇出版了與國立台灣博物館合作的新繪本《捉迷藏》，此前他曾為台北市立美術館創作《禮物》、國家鐵道博物館今年八月一號已正式開放創作《軌跡》，三則故事重現了這幾個台灣重要收藏單位的歷史細節，同時都有一個貫串全篇、與台灣生態緊密相連的代表性生物：《禮物》是蟬、《軌跡》是台灣黑狗，《捉迷藏》則是雲豹，每則故事都扣緊一個「懸案」，偵探小說般的圖像細節與敘事手法使人玩味不已。

我自己非常喜歡逛台灣博物館（絕對不是夏天館內冷氣很涼），《捉迷藏》的重要場景包括二二八公園內的本館，館外大門口端坐的兩隻銅牛是我童年回憶裡的神獸，嚴格說起來台北長大的孩子應該都騎過這兩隻牛，牛背因此被磨得金亮（其中一隻牛的牛角甚至斷裂修補過，可見得小孩雙手的毀滅性）。

雲豹標本之於台灣博物館，大概是翠玉白菜與紅燒肥肉石之於故宮那樣的重要，《捉迷藏》繪本不是第一個以此館雲豹為敘事焦點的創作，二〇二〇年出版的漫畫《雲之獸》同樣以牠為故事主角——這本同樣基於史實的奇幻漫畫節奏輕快，能把雲豹的時代故事畫得如此親切討喜實在難能可貴。

以今日標準來看，台灣博物館內的雲豹標本表情其實有點僵（當年標本做法請參見《雲之獸》），但是無所謂，館內的建築細節絕美，館內水族缸養的寵物「毬藻」超可愛，我在此處見識過鯨魚骨架，也曾在不同的時間細細觀賞橫跨數百年、被時空膠囊凝結在玻璃櫃中的壯觀台灣生物群像。

《雲之獸》出版當時，台灣博物館正在南門園區策畫「繪自然——博物畫裡的台灣特展」。也正因為此前看過這個展覽，閱讀《捉迷藏》時特別受到觸動——《捉迷藏》書中提及的斯文豪（Robert

Swinhoe）是「繪自然」展覽的主角之一，這位十九世紀末英國駐台領事斯文豪大規模記錄了台灣各式各樣的鳥類、哺乳類、兩棲類、爬蟲類，短短數年間由他命名或採集發表的物種上千種（當年的官員到底有多閒）。斯文豪雖然沒有親自找到雲豹，卻透過標本與文字敘述，託付英國畫師約瑟・沃爾夫繪製出知名的雲豹圖，《捉迷藏》內頁出現過一位伏案繪製雲豹的無名畫師，正是沃爾夫先生。

錯過了「繪自然」特展沒有關係，只要同時google「繪自然」與「開放博物館」這兩個關鍵詞，就能透過線上展重溫亮點。既然一百多年前沒有網路的古人都能遠端揣摩雲豹活靈活現的形貌，經過了疫情非常時期的遠端訓練，現代人遠端逛博物館滋潤一下心靈，身歷其境也是合理的。

野物考現

繪・《捉迷藏》，鄒駿昇
・《禮物》，鄒駿昇
・《軌跡》，鄒駿昇

漫・《雲之獸》，漢寶包

藝・《繪自然》特展，開放博物館

18 椰子的葉蔭

台灣被日媒塑造成椰影婆娑的「長夏之島」、「浪漫南國」；椰子樹成為文化表徵。

我曾為國立台灣歷史博物館策劃兩個關於食器的小型線上展，其中一個展題為《想像南國——台灣早期日用食器的椰林海景》，介紹一款上個世紀台灣風行的碗公圖繪。「椰子樹」之所以成為街頭巷尾常見的景觀，並化身為熱門的台灣形象門面擔當，與日治時期高強度的植栽、文化與經濟政策有很大的關連。

日本殖民之前，台灣野生椰子樹僅聚生於紅頭嶼（今蘭嶼），對初來乍到的外國人來說，相思樹與榕樹反倒比椰子樹更常見，更能反映原始的台灣風景。那麼，椰子樹到底是什麼時候開始反客為主，橫

上｜椰林海景風情碗公圖繪。（作者收藏）

下｜TAISHO寫真工藝所製日治時期明信片封套，印有「常夏之國」、「台灣訊息」字樣。（國立臺灣歷史博物館典藏）

行台灣四處？

翻閱一本近年由農業部林業試驗所重新出版、裝幀極美的精裝書《椰子的葉蔭》，即能讀到一些線索。《椰子的葉蔭》是任職總督府的植物學家川上瀧彌的遊記，記錄了一九一一至一九一二年到東南亞各國植物考察的經歷。作者開宗明義解釋了書名的由來：「椰子是熱帶喬木……其利用之廣，在熱帶植物當中堪稱第一。我的旅途中，沒有一天不見其英姿，不知多少回休憩於其樹蔭下，酌其清香美味的果汁止渴。我之所以將自己的熱帶旅行記命名為『椰子的樹蔭』，正是因為這種我曾無比熟悉的樹。」

閱讀《椰子的葉蔭》有種觀看黑白老電影的趣味，從上海出發到香港須耗時三日，光是想像都讓人暈船。而川上為了理解地方風土，勇敢試吃「臭味太重、令人作嘔」的榴槤，並且非常有實驗精神地藏了一顆在旅館等待熟成（可惜太臭被其他旅客投訴而被扔棄），可見其考察的堅強意志。川上在南洋吃榴槤的時候，正逢日本南進論起飛之時，各種類似「清點南方資源」的考察研究風生水起，日本官方與民間實業家藉地利之便，以台灣為跳板前進南洋普查，希望從中獲得經驗，回頭將台灣打造為「文明」殖民地。

提到台灣椰林風景，幾乎所有文獻都會提及台灣植物研究的先驅田代安定，擔任公職的田代安定分別於一九〇〇與一九二〇年發表過台灣行道樹計畫[11]，而他認為適切的行道樹中，椰子樹種占了相當高的比例。田代安定並向總督府提議創建了「熱帶植物殖育場」（一九〇六年開園，今「林業試驗所恆春研究中心」），他所勾勒的藍圖直接影響了日本藉由行道樹規畫打造台灣文明城市的建設方針，椰子樹循序漸進入主台灣城鎮街景，有效強化了符合殖民國期許的「南國」與「進步社會」的形象。《椰子的葉蔭》出版當時，椰子樹還沒有大規模出現在台灣人的視野之中，書中關於南洋椰子樹的紀錄，也多半著重於它的經濟效益。川上在書中表明，他希望在台灣大量栽種椰子樹，「不單是為了收益，作為一種風景樹也很有趣」，呼應的正是田

11 一九〇〇年出版《臺灣街庄植樹要鑑》，一九二〇年出版《臺灣行道樹及市村植樹要鑑》。

代的願景。

漸漸地，來自南洋的椰子樹順利茁壯，遍植於台灣重要建築與道路之側；明明副熱帶面積大於熱帶地區的台灣，被日媒塑造成椰影婆娑的「長夏之島」、「浪漫南國」；椰子樹成為文化表徵，廣泛地出現在推銷給日本遊客的明信片、繪葉書[12]上，變成民間碗盤上的熱門圖繪，甚至變成一九三五年盛大的始政四十週年紀念台灣博覽會的主要視覺象徵。

陳柔縉曾寫過一本趣味橫生的《一個木匠和他的台灣博覽會》，展示了三百間民間商店為了響應博覽會而自行推出的紀念章與相關故事。檢視這些章印，可以看得出此時椰子樹彰顯的文化魅力已經深植人心，無論是旅社、賣醬油、賣嬰兒車、賣糕餅或雞蛋的店章都能出現椰子樹，出場機率之高讓人稱奇。

百年後，椰子樹已在台灣根深蒂固，不再立意深遠。現在，如果請你製作台灣印象紀念章，除了台北一〇一、小籠包、珍珠奶茶、藍白拖等新世紀的台派圖騰，你還會選擇刻印什麼名物呢？

野物考現

書

- 《椰子的葉蔭》，川上瀧彌
- 《一個木匠和他的台灣博覽會》，陳柔縉
- 《日治時期台灣熱帶景象之形塑：以椰子樹為中心的研究》，周湘雲
- 《台灣美術四論：蠻荒／文明，自然／文化，認同／差異，純粹／混雜》，廖新田
- 〈行道樹〉／《島嶼浮世繪》，蔣竹山
- 《帝國浮夢》，邱雅芳

12 編註：日文將明信片稱為「葉書」，若葉書的其中一面印有圖畫或照片，則稱為「繪葉書」。

19 詩的青春小鳥

已經許久，我擁有蜂蜜／而沒有花朵；／擁有貝殼／而沒有海洋。

馬來西亞詩人假牙曾經在二〇〇五年出版一本詩集《我的青春小鳥》，因為詩風蔚為奇觀，不多久便絕版；二〇一一年在馬來西亞重磅推出手癢增修版，久仰卻錯過的讀者奔相走告，再度熱賣一波。

我手上的二〇一一年版本封面戲仿國小生練習簿，上方寫的是The Public Elementary School of Awfulness，版權頁同樣無法正襟危坐，校對者署名「小舔舔」，並且列上警語：「版權所有．翻印必以身相許」。幾年後，詩集裡的幾首詩在台灣網路流傳而走紅（最著名的包括〈鄉愁〉這首：那年那年那年去非洲旅行／他爸爸被獅子吃掉／他媽媽被鱷魚吃掉／他弟弟被黑豹吃掉／他妹妹被蟒蛇吃掉／現在每逢想家／他就去參觀動物園〉，旋即在台出版，台灣人自此不必隔海觀望，也能輕鬆捧讀。

以〈鄉愁〉為例，已可領略假牙文風善搞笑、常暴走，詩作彷彿七彩霓虹歌廳秀，諷喻的戲劇性觀點波濤洶湧，所有的悲哀無奈都被他寫成了段子。好比另一首只有三行的〈無題〉詩：「七七四十九天／他靈魂化身為蛾回家／被孫子一拖鞋打扁。」讀之還來不及哭，已然失笑。也有〈爽爽問一下〉這種詩，問過：「如果豬欣賞王菲的歌／那你還吃不吃叉燒？」這種尷尬無以名狀的問題，或者〈地球是圓的〉這首：「她千辛萬苦來到世界的盡頭／碰見隔壁賣菜頭粿的阿嫂」，乍看之下廢到笑，但卻又不是那麼容易，當頭棒喝似的荒誕，宛若詩壇周星馳，只是話少。

《我的青春小鳥》收錄的詩大多不怎麼端莊而且極致濃縮，許多詩往往只有一兩行，像打在肩頭的戒尺，有幾首詩則僅有一個字，比如〈夜〉這首，只寫了一字：腳。至於〈下午茶〉這首「詩」更加登峰造極，內容是一片空白，半個字都沒有。

馬來西亞詩人 eL 與周天派身上也能讀到類似的筆觸，善用豐富的排比、悖論，廣泛援引大自然意象，花蟲鳥獸、山川雲影等等，話少言深，內建耍寶機能，與假牙創造的世界互通有無。

eL 的〈失去論〉哀悼：「已經許久，我擁有蜂蜜／而沒有花朵；／擁有貝殼／而沒有海洋。」另以生物對比人類社會的虛妄：「金錢豹沒錢花一樣活得下去。／金魚不見得日漸富裕，也不見得日漸貧窮。……禿鷹越禿越像自己又有什麼不妥？」周天派的〈古典早晨〉像首甜美的弦樂曲：「天空從不厭世／祇是靜靜地看著／無所謂豐饒／無所謂荒蕪／海洋在其中／找到自己的昇華」在他們的筆下，彷彿文字也有魔幻的生態系。

三位詩人從自然界汲取創作材料，卻不止步於吟風詠月的純粹抒情，對政治敏感，經常偷渡對於當權者來說相當政治不正確的批判。

周天派同假牙一樣擅長打造俳句般三言兩語精練（偶爾驚世）的現代浮世繪，比如他的〈歷史〉一詩開場白：「孩子在作業／把歷史寫成『厲史』／這樣的誤解／似乎可圈可點」其詩集《島嶼派》作者自介看似一本正經，卻穿插一句畢業自「春田花花幼稚園」的自述——那是香港諷喻動畫小豬麥兜的母校啊！熟悉這部動畫的人應該能理解「厲史」的諧音梗吧。

關於「厲史」的不幸，eL也寫過很多諸如〈國家興衰史兩大冊〉、〈我們是否都必須慣於日子的如常？〉的詰問。假牙寫的〈天堂〉一詩，開場便戲擬電影《新天堂樂園》（*Nuovo Cinema Paradiso*）：「當然／那裡有戲院／冷天時觀眾一人派一隻母雞抱著取暖／下了蛋就歸自己／銀幕上放映的全是接吻鏡頭／當然／那裡沒有仇恨／在凡間是敵人的／規定在此必須大被同眠／睡到冰釋前嫌為止／粗話會被空氣自動過濾／任何不友善的肢體動作／會變成翩翩舞蹈」同樣暗喻一種沒有理想與夢的「和諧」社會。

或許，熱帶風土、多元種族及語感培養了馬來西亞詩人特殊的說文解字風格，而他們宛如《玫瑰瞳鈴眼》般跌宕的政治實況造就了自我解嘲的深厚功力。雖然他們的作品經常銳利如榴槤，幸而詩肉香甜。

僅以台灣詩人周盈秀的短詩〈謝謝你〉[13]獻給來自遠方，擁有傑出雨林、海南雞飯與幽默感的詩人：

只要有心
被冰雹砸得滿頭回憶的旅人
也能變成釋迦摩尼

野物考現

書

- 《我的青春小鳥》，假牙
- 《失去論》，eL
- 《島嶼派》，周天派
- 《我姊姊住臺北》，周盈秀

13 文中所提 eL 詩作收錄於《失去論》；周天派詩作收錄於《島嶼派》；周盈秀詩作收錄於《我姊姊住臺北》。

20 鼠輩吉祥

大森林就是被一些只會吃，還有一些整天沒事寫詩，屢屢在裝憂鬱的豆鼠所搞壞的。

倉鼠能把體重二十%的東西塞進臉頰。想想看，如果人類的臉部肌肉彈性這麼好的話，搭乘廉航的時候，就不必為了行李超重的問題而心驚肉跳了——「行李超重喔！」機場櫃檯人員冷酷地這麼說的話，只需要微笑，不失優雅地打開行李箱，將失心瘋買下的伴手禮（藥妝店乳液、唇膏或餅乾等）一一塞入口中，就能順利解決重金罰款的危機。

好吧，也許這並不是什麼太優雅的事，不過你必須承認擁有這項絕技相當方便，繪本作家島田由佳顯然深有同感。島田由佳的故事向來天馬行空，受到廣大幼童的喜愛，暢銷書《包姆和凱羅購物記》中，包姆和凱羅出門逛市集，忽然發現一個奇怪的攤位，攤位上「只有一隻奇怪的動物和招牌」，招牌上貼著一張紙，寫著：「胡桃・鏡子・橡實・陶笛」，如果有人想買商品，這隻奇怪的動物就推推臉頰，吐出鏡子、胡桃、橡實和陶笛。真是令人羨慕的臉部肌肉。倉鼠先生如果來台灣擺攤，跑警察的時候想必也能特別從容吧！

如果孩子大一點的話，劉克襄的《豆鼠回家》是非常有趣的讀物，據說是劉克襄為當年不到七歲的兩個孩子編造的床邊故事。當代的童話經常讓人覺得太文弱，充滿虛弱的天真和簡單的溫情，《豆鼠回家》完全不是這麼回事，也有寫給世故的成年人看的成分。故事主角是一群住在「大森林」、以爬藤類的扁豆為主食的豆鼠，長年生活安逸，全挺著油油的大肚腩，卻因森林生態失衡引發生存困境，為了解困而前往傳說中西方的另一座森林。故事裡有梟雄也有詩人，有外敵也有內患，劉克襄說故事靈感來自盛唐的沒落，但故事裡的各種隱喻放在今日的政治環境也毫無違和。

讓人會心一笑（或心中一寒）的橋段，包括這段描述——「大森林」沒落後，一些老豆鼠都覺得：「大森林就是被一些只會吃，還有一些整天沒事寫詩，屢屢在裝憂鬱的豆鼠所搞壞的。晚近大森林才有規定，像詩這種頹廢又墮落的東西，只能在少數集聚的小空間，譬如山洞或草窩裡，一小群的討論吟誦，絕不能在公共場所，免得傳染給年輕豆鼠。」

唉呀，為什麼連鼠輩都要找文青與小確幸的碴呢？

藉鼠談政治與詩，也可以用唱的。羅大佑曾經唱過一首歌〈相鼠〉（王武雄填詞），歌名翻成白話文是「瞧瞧這老鼠」，內容改編自《詩經》同名篇章，最後一段唱道：「只有一鍋歹泔糜仔先生／攏無一跤好布袋哦／誰給大家攏出賣啊先生／敢是你這隻老鼠啊喂」罵的是政客啊喂。

這篇文章是二〇二〇鼠年我在《鄉間小路》雜誌連載專欄的開欄

第一文。為了迎接鼠年，我整個豬年都在助跑思索春聯要寫什麼不落俗套的吉祥話才好。豬年我家門口春聯寫的是「金豬玉葉」，豬年的尾巴，我在門口貼上新的一張春聯，寫的是：「金鼠搖滾」——光是寫這四個字就耗盡了我殘弱的書法天分（以及無數報銷的紅紙），使我打定主意每年寫春聯的字數上限就是四個字。「鼠」字真的不好發想，如果用諧音的方式改寫「書香滿屋」、「心有所屬」，都會產生崩壞的感覺。

我也早早在豬年買好了兩款鼠年日曆，一本掛在牆上，另一本硬精裝小本《故宮日曆》是放在手中攤開來看的。是年的中國故宮版本非常特殊，因適逢紫禁城建成六百年，有豐富的建築介紹。這日曆可大有來頭，一九三三至一九三七年，北京故宮博物院曾發行過五次日曆，每年一冊，每日介紹一件故宮藏品。之後局勢動盪，一直要到二〇〇九年才重新推出復刻版，每年一月都以當年生肖為主軸介紹館內收藏。如攀上燈台的老鼠，我也想偷一點吉祥話的光暈，遂翻開《故宮日曆》，這才知道「鼠與瓜」、「松鼠與葡萄」是非常好的配對組合，有多子多孫的意思。一隻老鼠或松鼠沒什麼稀奇，但是搭配南瓜或葡萄，哼哼，那就突然從商務艙升等成為吉祥物了。

鼠年新鼠望，我虔誠地祈禱在春節來臨之前，靈感（財富也可以）鼠都鼠不完。每一年都由金光燦燦的希望開始，當希望之光燒到盡頭的時候，就換上新的春聯，重新許願。

野物考現

繪
・《包姆和凱羅購物記》，島田由佳

書
・《故宮日曆》，故宮出版社（北京）
・《豆鼠回家》，劉克襄

音
・〈相鼠〉／《寶島酸鹹甜》，羅大佑、OK男女合唱團

21 與斑馬與獅子夢遊

許多彷彿錯置的人獸穿梭其間……
每一則都是 3D 立體環繞效果的奇幻流水席。

我的父親長時間在動物園服務，有一天，好像是動物園正在舉辦某個重要的慶典吧，園裡架設了一座大舞台，整排的電視台攝影機早早架好等待轉播，園區洋溢著歡鑼喜鼓咚得隆咚鏘的氣氛，此時主管正忙著接待一群來訪的國外動物園使者，忽然來了緊急的電話：「喂！？……我好像聽到身邊有馬蹄聲經過！」「啊不好了，一隻斑馬跑出來了！」

千真萬確，是一匹斑馬。牠露出半個身子，轉過頭來看看我，那眼睛天真得就像兩條通到你心底的隧道。牠身上的黑白斑紋啊，一定是無與倫比的天才畫家的作品。

那兩條前腿健壯優美，慢慢地踢躂踢躂帶出整個身子……

抱歉，由於不是目擊者，請容許我上面這段敘述先借用吳明益《天橋上的魔術師》裡的一段斑馬出場記（也請諸君暫且忘記小說中的斑馬其實現身於中華商場廁所）。總之，木柵動物園裡那隻無與倫比的斑馬也曾華麗現身，以歌頌非洲大草原的雄姿，巧妙繞過大舞台後方，閃避了被一整排攝影機與記者現場直擊的機會，從非洲區一路奔馳到近大門口，風馳電掣，差一點就可以縱橫這座城市。

那已經是非常久遠以前的故事。是否有遊客仍記得某個如夢似幻的早晨，曾經有一隻華麗的斑馬旋風般從身邊噠噠地經過？

劇作家向田邦子曾經於散文〈中野的獅子〉[14]有感而發，表示記憶和往事往往都是第一人稱敘述，記憶的證人就只有自己，對某些人來說石破天驚的深刻回憶，現場的他人也許有完全不同的詮釋，甚或漠然。比如，有一天她搭東京電車百無聊賴望著窗外，某個瞬間突然「看到了一頭獅子」——一棟木造公寓裡，一名男人正與一隻鬃毛蓬鬆的龐大雄獅並肩望著窗外。

獅子與男子的畫面閃現時，她按捺不住心中的驚詫，卻發現周遭剛下班而眼神死的乘客無動於衷，讓向田邦子陷入一股難以啟齒的自我懷疑之中。沒想到這埋在心底二十年的疑竇，在文章發表後很快獲得了解答，讀者證實她看到的是千真萬確的獅子，她甚至和當年那名獅子的主人見了面，只不過電光石火間留下的記憶與現實有微妙的出入，本以為自己看到的是公獅，實際上是一頭母獅。

多年前我去萬華青山宮看門前一對「日本獅」[15]，同行的華西街阿猜嬤甜湯店的老老闆說，張嘴的狛犬嘴裡本來有一顆取不出來的圓石，以前住在華西街的孩子都喜歡伸進嘴裡摩娑那顆圓石，不知道那顆圓石是不是被越摸越小，最後終於被盜走，現在神獸嘴裡放的是一

---

14 收錄於散文集《女兒的道歉信》。

青山宮前張嘴的狛犬。

顆凹凸不平的怪石。我摸了那顆贗品，想到《天橋上的魔術師》裡也有一則由石獅子主場的故事，裡面有一名小男孩，不但把手伸進公獅的嘴，還對著石獅子說：「予汝喫、予汝喫。」後來這隻石獅子真的跑來找這個小男孩……故事情節你要自己看，不過我認為這則故事是整本小說最能解釋核心美學的一章，讀完這篇很難不繼續讀完整本小說，也很難不被說服——也許我們真的都活在一個夢遊的世界裡。

故事裡串場的「天橋上的魔術師」最讓人印象深刻的把戲，是讓薄薄一片的紙雕小黑人站起來，聽令起舞，讓圍觀的人忽然受到吸引，覺得它忽而立體有了靈魂。這本小說雖然與〈中野的獅子〉同樣是都市叢林故事，以第一人稱敘述，叩問虛實，隨筆式的文風同樣帶著鬆弛的幽默感，也有許多彷彿錯置的人獸穿梭其間，卻不像向田邦子的獅子安分地棲息於某個定格的畫面，九名主角輪流回憶往事，就像魔術師喚醒小黑人那樣，每一則都是3D立體環繞效果的奇幻流水席。讀斑馬出現的那篇，我幾乎聞得到非洲大草原的味道，看得到斑

15 狛犬為日本神社寺廟的守護獸，口型一阿（張嘴）一吽（閉口），尾巴筍狀直立，有摺耳，無性別之分。昭和年間大修的青山宮前神獸為民間俗稱的「日本獅」狛犬，卻受台灣石獅子風格影響，有性徵之別。

馬長長的睫毛。

讀完小說的許多年後，我在大銀幕看墨西哥電影《羅馬》（*Roma*）[16]，在某個一閃即逝的鏡頭中，忽而看到一名魔術師正在施展小黑人的幻術。啊，當時我在心中驚呼了一聲，也許就像向田邦子在電車上看到一頭獅子，最後輾轉理解到：原來它是真的。

野物考現

書

- 《女兒的道歉信》，向田邦子
- 《天橋上的魔術師》，吳明益

影

- 《羅馬》，艾方索・柯朗（Alfonso Cuarón）

16 二〇一八年由艾方索・柯朗執導，追憶一九七〇年代墨西哥市區童年往事的黑白電影。

22 蝴蝶、人魚與魔法

藝術與自然並沒有那麼粗糙、直觀的科學目的性，而更接近一種難以言述的幻術。

某日，我在家附近的銅錢草叢上看到一隻小蝶，顏色像剛破曉的冬日天空，迷濛的淡藍透紫，不比一元銅板大。我特地拍照，過一陣子找來徐堉峰的《台灣蝴蝶圖鑑》灰蝶專冊比對，發現它是灰蝶科（英文暱稱為 Blues）中的「藍灰蝶」。翻閱圖鑑之後，才知道這種蝶類的中英文泛稱並不能展現其多樣性，牠們經常不是藍也不是灰，背、複面的翅膀顏色與花紋也有戲劇性差異。

這種小蝶有一點文學淵源，文壇皆知蝴蝶才是納博科夫（Vladimir Nabokov）的真愛，文學只能算是他眾多額外嗜好之中的配菜。納博

銅錢草上發現的藍灰蝶。

科夫曲折離奇的生命旅程中，一度在劍橋就讀動物學（並冀望餘生成為蝴蝶學者），赴美後曾一邊教授文學一邊在哈佛比較動物學博物館鱗翅目部工作，又以灰蝶科為專長，每年夏天都在各地採集標本。

台灣曾出版納博科夫的自傳《說吧，記憶》（*Speak, Memory*）[17]，封面照片是他與蝴蝶罕見的合照，他微微仰頭，凝視手中一隻小蝶，黑白照片看不出那隻蝶的真正顏色，他對小蝶的愛慕卻顯而易見。這本自傳中有一章〈蝴蝶〉描述了這份愛慕的起點——五歲的某一天，他偶然見到一隻讓自己目眩神迷的燕尾蝶。同一章，他從蝴蝶延伸漫談到自己的美學，特別指出自己特別鍾情於昆蟲界神祕的「擬態」現象，譬如唯妙唯肖模仿蜂類的蛾、模仿樹葉的蝶，他認為這些神乎其技的擬態，並非達爾文物競天擇說「一切演化都是為了求生存」的目的論能一言以蔽之，他認為，藝術與自然並沒有那麼粗糙、直觀的科學目的性，而更接近一種難以言述的幻術。身為知名的科學與藝術斜槓者，納博科夫窮其一生以精湛的蝶類研究與文風意圖證明：文科與

17 納博科夫的回憶錄最早以散文形式刊登於《紐約客》雜誌，提及兒時最早的蝴蝶回憶出自於一九五八年於《紐約客》發表的〈蝴蝶〉（Butterflies：The Childhood of Lepidopterist）一文。

理科從來不是對立的兩面，現實需要想像，自然也有人性之處。

日本導演岩井俊二以《情書》、《花與愛麗絲》等愛情文藝片廣為台灣觀眾所熟悉，他是一位相當喜歡曖昧的創作者，以至於他的電影畫面看起來都像曝光過頭的拍立得，故事鋪陳往往像拖長十倍的MV，主題經常是被誤解的情感，並且喜歡選用看起來有點精靈般透明氣質的女星飾演有點不乖的角色。然而他並非只是擅長抒情，其電影《燕尾蝶》、《關於莉莉周的一切》、《被遺忘的新娘》鏡頭看起來那麼柔美，討論的社會議題卻很硬蕊。

拍攝《燕尾蝶》的那段期間，岩井俊二構思了一部唯一沒有影視化的奇幻小說《華萊士人魚》——華萊士（Alfred Russel Wallace）[18]為何人？他是十九世紀的重量級博物學探險家，也是達爾文的物競天擇說的關鍵性推手，甚至差一點比達爾文早一步名揚天下。華萊士曾把天擇論的思想雛型寫成論文寄給達爾文指教，達爾文讀之大驚失色，發現兩人的論證雷同，此後快馬加鞭發表《物種起源》（*On the Origin of Species*）。讓實事求是的科學界感到尷尬的是，這麼大咖的科學人華萊士晚年相當著迷於通靈等超自然實驗，而且喜歡拍攝有點像宋七力那種合成的降靈照，岩井俊二借此佚事，編造了一場華萊士以實驗之名邂逅人魚，產生一連串蝴蝶效應的傳奇故事，施展幻術，做了迴異於他其他作品的論證。

迪士尼最新真人版的《小美人魚》因為女主角膚色不符合白人刻板印象而引起波瀾。大家如果讀過《山海經》、波赫士（Jorge Luis Borges）的《想像的動物》（*El libro de los seres imaginarios*）或者《華萊士人魚》，可能就不會那麼糾結在這麼膚淺虛無之事。仔細想起來，岩井俊二並沒有詳細描繪人魚的膚色，但是如果「華萊士人魚」要選角，我會投艾怡良或椎名林檎一票。

18 華萊士是第一位替台灣蝴蝶命名的人。一八六六年，華萊士根據斯文豪於打狗採集的蝴蝶發表報告論文，其中一種 Lycaena nisa 一直到二〇二二年才由徐堉峰證實為後人發現的「單點藍灰蝶」，為蝴蝶學界解謎大事件。

野物考現

書

- 《說吧，記憶》，納博科夫
- 《台灣蝴蝶圖鑑（中）：灰蝶》，徐堉峰
- 《華萊士人魚》，岩井俊二
- 《想像的動物》，波赫士

Part III

騷動的靈光

韓流＋日漫＋邪典＋……
潛入話題之作的生物們

23 如此沉迷：大河戀與羽毛賊

飛蠅釣是一場鬥智的高級遊戲，
但靠著蚯蚓氣味被動吸引獵物的釣法不是。

年幼時，我曾跟隨表哥到阿嬤家附近水圳釣魚，有樣學樣地仿製了一根釣竿，釣線另一頭綁的是虛擬魚餌：一顆鈕扣。我的表哥長大後依然熱愛釣魚，他偶爾半夜和一群漁友搭小船前往外礁海釣，漲潮的時候礁島表面積漸漸縮限得剩下一張地毯那麼大，一群漁友就這麼無路可退地於暗夜中垂竿，破曉時船老大才返回孤島接他們回家。

長大之後，我才知道假餌（可能不包括鈕扣）的花花世界博大精深，釣魚並不像卡通裡那樣老是需要一條蚯蚓。吸引魚兒上鉤利用的是牠們的本能，有些底棲魚類會受到蚯蚓等肉餌的氣味吸引，但也有

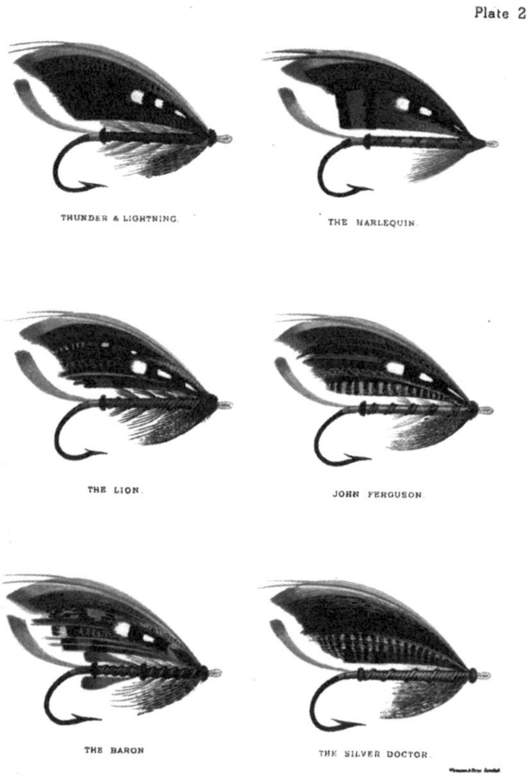

喬治・凱爾森（George Mortimer Kelson）出版的
《鮭魚毛鉤》（*The Salmon Fly*）插圖，1895 年初版。
《羽毛賊》提及該圖鑑催生了一群古典毛鉤狂熱分子，
每款毛鉤都取了氣宇軒昂的花名（「永不失誤」、「總冠軍」等），
如同現代車子與香水的品名幻想帶來的加持效果。

容易受到有翅昆蟲、亮光、青苔等特殊食材視覺吸引的魚；有時候漁人利用的是魚的地盤意識，透過引戰誘使目標上鉤。我曾在「上下游副刊」讀文，認識了某種釣香魚的「友釣法」，此法利用香魚的領域性，在活香魚身上綁帶線鉤環，放入水域中挑釁香魚來咬；此種釣法竟然叫「友」釣法，真令人不寒而慄。那陣子網路上恰好掀起一波瞎搞古典詩詞為邪典的遊戲，某網友寫「有朋自遠方來，雖遠必誅」，實在太適合描述這種不講求溫良的香魚友釣法。

那些半夜不睡覺在礁島上呼喚魚的人，或許熱衷過程更勝收穫。在釣魚藝術的領域，飛蠅釣（fly fishing）是其中一項特別講究技藝與謀略的運動，由於需要讓毛鉤上的假餌模擬有翅昆蟲的行為，並且生動地降落於假想魚的視線範圍，特別需要琢磨甩動魚線的節奏，不但要細心觀察大自然，也要理解目標魚種的性情。

電影《大河戀》（*A River Runs Through It*）描述飛蠅釣在蒙大拿州一對兄弟生命歷程中扮演的重要性，飛蠅釣因此一舉成名天下知；其中青春俊美的布萊德．彼特（Brad Pitt）也許功不可沒，但是導演呈現飛蠅釣的手法同樣讓人心醉神馳。故事中場，兩兄弟邀一名無賴相偕釣魚，事前弟弟語帶鄙視地預測對方可能會帶一盒蚯蚓來釣魚，一語中的。蚯蚓釣魚有什麼不好呢？對自視甚高的飛蠅釣客來說，飛蠅釣是一場鬥智的高級遊戲，但靠著蚯蚓氣味被動吸引獵物的釣法不是。對照海明威（Ernest Hemingway）的半自傳體小說《太陽依舊升起》（*The Sun Also Rises*），可以發現一段類似的對話（或者說競技），主述者與朋友比爾在西班牙鄉間釣鱒魚，比爾堅持使用飛蠅釣法，甚至走到水深及腰之處放餌，釣到的魚果然個頭都比較大，當他得知主述者完全用蚯蚓釣魚的時候，毫不留情地虧他：「你這個懶鬼！」

《大河戀》末段最後一次兄弟相偕釣魚，哥哥非常有效率地先馳得點，走到水深之處拋竿的弟弟羨慕地問：「現在魚吃的是什麼？」哥哥回覆：「黃石蠅毛鉤（Bunyan Bugs，最早特產於蒙大拿州的毛鉤）！」隨後打開隨身的華麗毛鉤收藏盒。

一般民眾也許並不清楚毛鉤名號與功能，然而對專業的飛蠅釣客，以及熱衷於蒐集骨董毛鉤的藏家來說，光是看到《大河戀》這幾秒毛鉤唱名、秀出收藏的橋段，可能已經興奮到語無倫次。每一款歷史悠久的古典毛鉤無論名號與「綁製配方」（綁法與使用的材料）都有文獻記載，功能各自有細微的差異。

這個在歐美傳承數百年的毛鉤狂熱，甚至啟動了近代一起離奇的英國博物館鳥類標本大宗失竊案，精彩如諜報戰的報導文學《羽毛賊》（*The Feather Thief*）特別追蹤了這起竊案的前因後果。報導文學粗分兩種類別，一類是作者很早就已經布好局，追著一個既定主題好好地掘下去，幸運的話就能夠挖出一個羅織出來的廣角圖，比如《跳舞的熊》；另一類則是無心插柳的結果，作者的角色比較像是偵探，他的初衷其實只是無聊想問出一個為什麼，比如《羽毛賊》。《羽毛賊》作者柯克．華萊士．強森（Kirk Wallace Johnson）寫書的動機出於偶然，有一天他濕漉漉地站在河裡飛蠅釣，陪他釣魚的人隨口告訴他一件飛蠅釣界冷門至極的邊緣社會新聞——有人潛入英國最大的禽鳥收藏博物館偷走了大量珍禽，而這名竊賊本身不釣魚，卻是頂尖的古典毛鉤綁製高手。作者突然被這個謎團深深吸引，剝絲抽繭在全球展開追索，除了向讀者展示飛蠅釣技法和西方貴族追求浮誇羽毛鉤的前因後果，同時逐步揭開羽毛與釣魚階級之間鮮為人知的關係。歐美迄今仍有一群對古典毛鉤癡迷的藏家，他們可能為了複製十九世紀貴族發明的鮭魚毛鉤（通常飾有浮誇鮮豔的羽毛），不惜遊走法律邊緣，通過地下途徑蒐羅禁獵鳥羽。

在台灣，飛蠅釣不算流行，或許一方面來自於地理環境的限制（比如在坪林溪谷拋甩，釣線可能先纏住兩岸植物），二方面是飛蠅釣是根深於歐美的傳統，台灣溪河釣魚一般志不在此。偶然聽聞野釣達人指示，宜蘭的南澳南溪相當適合飛蠅釣捲仔魚、溪哥噢！想體驗台灣版大河戀，不妨學電影拿個節拍器先練練韻律感，來此一展身手。

野物考現

書

・《太陽依舊升起》，海明威

・《羽毛賊》，柯克・華萊士・強森

影

・《大河戀》，勞勃・瑞福（Robert Redford）

24 五十嵐大介的麵包與貓

天地草木、蟲魚鳥獸
皆是宇宙運行的縮影。

「揉麵團時，要讓它帶有少女肌膚似的彈性。」
這就是製作美味麵包的訣竅。

以上兩句話是五十嵐大介的漫畫短篇〈麵包與貓〉[19]開場白，同框配圖為太空視角的地球，壯麗得不得了，如果需要配樂的話，我會點播《2001太空漫遊》經典配樂[20]，翻開這一頁，請想像激昂的「得——登——」號角聲伴隨著麵糰一起在室溫中膨脹。

〈麵包與貓〉的結尾配圖為一隻蜷伏的小貓，圓亮的貓左眼竟然

19 收錄於作品集《凌空之魂》。

20 理查·史特勞斯（Richard Georg Strauss）創作的交響詩《查拉圖斯特拉如是說》，Op.30。

是一顆地球。如此魔幻的畫面映照出典型的五十嵐大介世界觀，天地草木、蟲魚鳥獸皆是宇宙運行的縮影，其筆下世界經常出現「叢草為林，蟲蟻為獸」這般物理空間的奇異對倒，挑戰一般觀看的方式。好比在〈正吉和奶奶〉這則漫畫短篇中，老奶奶的身材越來越嬌小，小到最後連孫子正吉都找不到，原來老奶奶正騎著一隻塵蟎四處移動；在〈伽樓羅〉[21]這則短篇中，一位穿上「伽樓羅」（傳說中的巨鳥）劇服的老奶奶化身為鳥，最後一幕，老奶奶居住的山谷被「若垂天之雲」的巨翼陰影所籠罩。在五十嵐大介最有野心的長篇漫畫《海獸之子》之中，如此大開大闔的運鏡手法更加波瀾壯闊，場景呼風喚雨，遊走於天地宇宙人神之間，騎鯨而游、星辰入口，鏡頭拉近，海中浮游生物細看竟是億萬星系的集合。

新冠疫情爆發時期，各家雜誌報導主題紛紛密切討論一個人如何好好生活，以及出關後要如何放風。長期獨居也優遊自得的五十嵐君相當適合擔任這類主題的代言者，其作品中的主人翁經常是獨來獨往的人。

五十嵐大介關懷自然生態的世界觀與青春時期的一段山居歲月脫不了關係。他曾因漫畫生涯不順遂一度停止發表新作，移居日本東北岩手縣，過了足足三年自耕農的生活，一邊種菜、畫畫，一邊養貓，每個禮拜都烤很多麵包，〈麵包與貓〉裡貓的原型正是作者本人收養的小貓「南瓜」。這段山居歲月孕育出《南瓜與我的野放生活》隨筆漫畫集，還有記錄東北四季風光與飲食生活的《小森食光》半自傳圖像小說，讀來異常舒壓。

這些年，網路平台上許多標榜「反璞歸真」、記錄牧歌般田野勞作與飲食風情的生活片，怎麼看都有《小森食光》的影子（這部漫畫後來亦改編成電影），但我總沒能耐性看完，或許是影片中的收音太好了，切個菜（唰唰唰！）、吃口番茄（喀啊！）、摘把青菜（嘩！），好像主角在你耳邊唰菜吃東西似的，清晰得太失真——真實世界本是充滿雜訊，整理得太乾淨的影片，無論是視覺、聽覺或者其他，都讓

21 〈伽樓羅〉和〈正吉和奶奶〉皆收錄於《環世界》。

我感到格格不入。五十嵐大介的作品特色之一是有充足的「留白」，留予讀者去想像、填補意象，因此詩意，因而美。

不是要特別攀關係，不過，台灣應該提供了五十嵐大介不少創作的養分吧！（眼睛晶亮）《海獸之子》裡有不少細節參考了蘭嶼達悟族文化；此外，五十嵐早年創作比較像隨筆，不強調故事性，根據作者自述，他的第一篇短篇「故事」〈凌空之魂〉可是到台灣完成了一趟大吃之旅後畫的。「漫畫家表示：台灣小吃激發驚人的創作力！」這樣促銷台灣觀光的台詞應該很給力喔，觀光局參考一下。

前陣子為了消耗冰箱裡的馬鈴薯，我喜孜孜翻開《小森食光》裡的〈馬鈴薯麵包〉篇，幻想透過料理感受一下帶著泥土芬芳的日本東北鄉村風情。然而，無論是發酵前還是發酵後，揉著混入馬鈴薯泥的麵團時，完全揉不出「帶有少女肌膚般彈性」的東西，反而揉出「被魔鬼附身帶有致命泥沼般黏性」的東西。這就是漫畫與現實的距離。

話雖如此，我願意執迷不悟，接下來想做做看《小森食光》裡經常出現的甘酒。看起來只要煮一鍋粥，放入米麴攪一攪就行了，書中描述，夏天在甘酒裡面加入促進發酵的菌種（優格、乾酵母粉之類），還能做成進階版的冰鎮「米釀氣泡酒」噢……聽起來是不是美得冒泡？我喝！

野物考現

漫

- 《凌空之魂》，五十嵐大介
- 《小森食光》，五十嵐大介
- 《南瓜與我的野放生活》，五十嵐大介
- 《海獸之子》，五十嵐大介
- 《Designs》，五十嵐大介
- 《環世界》，五十嵐大介

25 破殼的防彈少年們

鳥奮力衝破蛋殼。這顆蛋是這個世界。
若想出生，就得摧毀一個世界。

身邊許多男性同儕迷戀 K-POP 舞台上那些鉛筆腿的熱舞女團，長期以來我隱約能感受到 K-POP 無遠弗屆的規模與威力，即使輕度臉盲症患者如我至今無法輕鬆辨識其中任何一位巨星。

第一次意識到這個流行文化產業的野心，並且肅然起敬，是偶然發現防彈少年團（簡稱 BTS）的一張正規專輯《WINGS》概念取材自赫曼．赫賽（Hermann Hesse）的小說《徬徨少年時》（*Demian*）。在 BTS 助攻下，此書出版銷量一飛沖天，粉絲閱讀並深度解析專輯曲目、MV 意象[22]上傳網路分享，文學教授說破嘴都無法感召學生做的功課，

〈叛逆天使的墮落〉，1562 年。

22 例如：防彈少年團〈Blood Sweat & Tears〉音樂錄影帶刻意置入荷蘭文藝復興時期藝術家老彼得．布勒哲爾（Pieter Bruegel）的〈叛逆天使的墮落〉畫作，呼應《徬徨少年時》主題。

流行文化一蹴而就。有趣的是，赫曼本身是相當排拒「大眾流行」集體意識的人，不知他老人家地底有知作何感想？

《徬徨少年時》少年主角出身於崇尚典範、立意良善的虔誠中產家庭，卻在顛簸的成長過程中透過與苦海明燈型的關鍵人物德密安（Demian）對話，漸漸理解到一味歌頌光明，耽於安逸、疏於思考，壓抑或忽視內心與真實世界的暗黑勢力，只是懶惰與偽善。

德密安曾經告訴少年：「鳥奮力衝破蛋殼。這顆蛋是這個世界。若想出生，就得摧毀一個世界。」這句話正是赫曼作品的核心思想，他認為人之所以為人，是從拒絕盲目因循苟且、誠實感知這個世界開始，一個人如果只是仰賴原始本能隨波逐流地活著，與獸無異。「大部分人渴望放棄飛行，寧可根據法令規定，漫步於人行道上……」這是因為思辨能力起飛的自由伴隨著責任，學會自處，並建立起自己的世界觀不容易。

《徬徨少年時》被 BTS 行銷團隊運用來「向經典致敬」策略高明，

自此之後，防彈少年團品牌形象順理成章衍生出新一層含意，意味著「不安於現狀，朝著夢想不斷成長的青春」。搭乘 BTS 順風車的《徬徨少年時》能擊中現下韓國新世代，極可能是因為韓國社會同時受到深刻的基督教義、學歷至上與四維八德的傳統價值影響，這一切都是赫曼在諸多作品中試圖挑戰的威權體系。

一百多年來，赫曼的小說持續為世界各個角落對紀律社會適應不良、總是感到格格不入的少年們帶來安慰。更早的《車輪下》（*Unterm Rad*）可以視為《徬徨少年時》的前導故事，赫曼透過此書描繪二十世紀初一名德國學霸的失速人生，不遺餘力地抨擊以摧毀個人意志作為教育根本、隱惡揚善又故作清純的社會通病。幾年前在台灣網路世界瘋狂流傳一首詩〈大人的哲學〉：「讀書是好的但／讀那麼多書可以幹嘛／鄰居小孩是留洋博士那是好的／自己家倒不必了，說來說去／還是考一個公務員最好」、「進步是好的／改變不是／正義是好的／疾呼與奔走不是」，其所諷刺的價值觀矛盾，與《車輪下》、《徬徨少年時》抨擊之出於懦弱的安分如出一轍。

夢境與現實、光明與黑暗、人性與狼性的糾纏拉鋸讓《車輪下》的少年萬劫不復，卻又讓《徬徨少年時》的主人翁獲得解脫。中年之後，赫曼把鏡像對立的概念變本加厲地寫就《荒野之狼》（*Der Steppenwolf*），以更晦澀的文字警告，耽溺於野性的自由，可能造成反噬。

我曾在美濃老麻油行聽老闆說，早年讓牛套上軛轉圈圈以石磨磨芝麻，只要把牛的一隻眼睛遮起來就行了；遮右眼牛就逆時針轉，遮左眼牛就順時針轉。我想到歐美國家觀光區常看到拖著馬車、在眼睛兩側戴上遮眼罩的馬，只留前方一點視野，據說只有這樣馬兒才不會受到驚擾，也會更認命地任人擺布、埋頭向前走。如此單純的奴性！赫曼的作品絮絮叨叨，無非是想說服人類拿下那片眼罩，走進真正開闊的生命與自由。

野物考現

音

・《WINGS》，BTS 防彈少年團

書

・《車輪下》，赫曼・赫賽

・《徬徨少年時》，赫曼・赫賽

・《荒野之狼》，赫曼・赫賽

・〈大人的哲學〉，簡妤安

藝

・〈叛逆天使的墮落〉，老彼得・布勒哲爾（Pieter Bruegel）

26

坐火車的抹香鯨

火車與驛站送往迎來，
見證了現代文明與個人生涯中各種糾結的時刻。

過去我曾經著迷於坐火車，連帶著也喜歡各個城市的捷運。過往曾遠距通勤，坐火車進城通常搭乘非尖峰時段的班次，四周乘客極少。夜裡我非常喜歡聽著音樂，頭倚著窗，透過窗上自己寧靜半透明的側臉，漫無目的地望入深沉的黑夜，看著急馳而過的剪影、間或打岔的月色和燈火疾風般掃過自己的輪廓。此時耳朵裡面聽到的歌特別有一種滋味，彷彿帶著某種平日不可多得的寓意。

提到火車，你首先聯想到什麼呢？是古早月台亂滾的橘子、慈母為入伍兒子準備的鐵牛運功散，是林強的〈向前行〉，還是近年高

與左拉同時期的藝術家莫內（Claude Monet）
創作的印象派畫風〈聖拉札爾火車站〉（La Gare Saint-Lazare，1877年）。

畫質重登大銀幕的磅礴史詩《齊瓦哥醫生》？火車與驛站送往迎來，見證了現代文明與個人生涯中各種糾結的時刻，生離死別，戰爭與移民。

歷史課本總是不忘提醒我們，第一次工業革命帶來的高速火車如何全力衝刺，大幅打開了人類對於世界的想像；火車改變了生活的節奏，重新定義了遠方。鋼鐵巨獸的出現，一度讓舊時代的人們感到震驚，但如同十九世紀法國文學家左拉（Émile Zola）所言：「新時代的藝術家終究會在火車站中發現詩意，如同其父輩在森林與河流中獲得詩歌的靈感那樣。」[23]確實，一眨眼兩百年呼嘯而過，以鐵道列車為靈感誕生的藝術創作已不可計數，不但如此，在我們這個大聊太空旅行的時代，火車竟也有了遲暮之感，洋溢著老派情調。

相較於其他的運輸工具，火車乘載創作者更多對於「生命體悟」的想像，或許是它移動的形式，始終是沿著軌道一站一站推移前進，直至終點。侯孝賢的諸多電影（《南國再見，南國》、《悲情城市》、

《戀戀風塵》、《珈琲時光》等等）尤其善於借用鐵道列車與驛站的場景，演繹時代轉折與個人命運。我的書架上有一本《坐火車的抹香鯨》圖文書（書名典故來自書中一隻小抹香鯨曾經搭乘台鐵從蘇澳前往苗栗的小故事），偶爾拿出來翻，經常覺得此書頗有侯導風格，詩意、零散，充滿日常無為的情調，而平凡之中又照映大時代的風景。作者王彥鎧擷取在台灣各地鄉鎮的零星回憶，從兒時記趣寫到退休遙想，每篇故事都附上一幀地方鐵道簡圖，小品文把日常細瑣寫得恬淡，NOBU 繪製的插圖意象悠遠，讀之有種於昏暗電影院中觀影的閒趣。

芥川龍之介的〈蜜柑〉與宮澤賢治的童話《銀河鐵道之夜》並列為日本最耳熟能詳的火車故事，我尤其喜歡〈蜜柑〉故事裡的坦白與人性。〈蜜柑〉描述一位厭世的乘客在列車上遇見一位女孩，原本對她奮力打開車窗讓嗆鼻濃煙漫進車廂的行徑大感不以為然，卻在通過隧道後，看見女孩將懷中預藏的幾粒橘子丟向窗外的孩子，意識到遠

23 左拉為自然主義文學家，主張以科學方式描繪現實生活。引述摘錄自一八七七年第三次印象派畫展後發表的藝評。

行的她是在向等在閘道口的弟弟們餞別，心境豁然開朗，一掃困倦，並暫時忘卻自己「不可理喻而又無聊低俗的人生」。

相較於〈蜜柑〉的寫實，《銀河鐵道之夜》進入了異次元，描述一則發生於虛擬時空的奇幻歷程，透過一位孩子在一班飛往天國的列車上與逝者的對話，闡述作者的濟世與人性觀點。宮澤賢治的故事多半發生在他所創造的一個和洋文化融合的新世界，在這個世界裡，故事裡的主角主要是孩童、擬人化的動物與星星，藉由這些可愛的角色描述現實世界的殘酷、大自然的神祕力量與生命哲學。這些特質深刻影響了許多後世的圖像創作者，宮崎駿《神隱少女》片中的海上列車便是向《銀河鐵道之夜》致敬的橋段，漫畫家增村博以貓的形象改編創作的《銀河鐵道之夜》同樣蔚為經典。

〈蜜柑〉或《銀河鐵道之夜》雖然以小孩為主角，卻是寫給大人看的故事。大概也只有成年人才能意會〈蜜柑〉裡那種風塵僕僕的倦怠、《銀河鐵道之夜》裡的蒼涼與盼望。

小時候我喜歡蒐集旅行途中的車票，然而現在我已不擅長眷戀。以前寫作文辭窮的時候總要八股地來一句「在人生的旅途上……」，然而現在看起來，世間所有故事都是這句話的變形。

野物考現

書
- 《坐火車的抹香鯨》，王彥鎧（文）、NOBU（圖）
- 《銀河鐵道之夜》，宮澤賢治
- 〈蜜柑〉／《羅生門：芥川龍之介小說選》，芥川龍之介

漫
- 《銀河鐵道之夜》，增村博

影
- 《神隱少女》，宮崎駿

27 妖孽啊！蛇與罪

生命上的大敵，實在的危險，
不容許你不時刻關心，這就是對於蛇的戒備。

我從朋友那裡求來一把「五毒扇」，朋友在灑金折扇上以朱墨繪製了栩栩如生的「五毒」：蜈蚣、蠍子、蟾蜍、蜘蛛，正中央是一隻昂首甩尾的眼鏡蛇，扇面端正蓋上硃砂封印，華麗而懾人。

五毒扇過去是端午節催生的產物，朋友依循傳統，午時當別人都忙著立蛋的時候，他忙著曝曬這些布滿蛇蠍的扇子，據說有加持陽氣、避邪驅瘟的特效。天氣一熱，汗啊、火爆脾氣或牛鬼蛇神都可能像這些不討喜的生物一樣破土而出，所以需要來點鎮邪之物，如果有什麼讓人心情不舒爽的東西迎面而來，隨手搧搧就能太平，也真的是

《伊甸園與人類的墮落》（The Garden of Eden with the Fall of Man），
彼得．保羅．魯本斯 (Peter Paul Rubens)
與老揚．勃魯蓋爾（Jan Brueghel the Elder）合繪，1615 年。

太好了。

端午上菜市，總會發現來來往往的菜籃裡都探出一束油亮如劍的菖蒲葉，我總是不能抗拒地也跟著買一把，此時街市小販到處兜售菖蒲、艾草，淨身用的艾草捆成一匝，掛在門上的通常是菖蒲、艾草、榕樹葉的組合，幾年前我去金門一遊，發現他們還加碼掛了大蒜，可能有以臭攻臭的趨吉功用。吊掛在門前的新鮮草葉其實不耐放，幾日便枯乾蠟黃，然而花一兩枚銅板就能藉菖蒲之劍斬斬妖氣、討個吉祥，還是很划算的，於是菜籃族皆趨之若鶩。南方的子民經常就讓菖蒲艾草大蒜掛到冬天或隔年被風吹散為止，比起聖誕花圈更經濟實惠。

與端午有關的電影，最知名的包括徐克的《青蛇》；蛇妖與奇情，加上浮誇的特效，我小時候很喜歡——誰能忘記擺動水蛇腰的王祖賢與張曼玉呢？估計是沒有人可以比她們更魅的了。豈知長大之後重看了這部片，幾乎可以說是在忍耐中完成，也許是此後明白了種種更繁複的俗世孽障，《青蛇》的敘事方式就顯得無端幼稚，就好像小時候看《倩女幽魂》覺得夜裡滿林的白綾從女鬼袖裡激射而出好可怕，長大之後只覺得：哪裡來這麼多滾筒衛生紙般的廉價特效？

蛇與慾念（而慾念導致犯罪）往往在全球神話與宗教中連袂出席，《青蛇》做了一個概約的示範，如何掙脫蛇的象徵所帶來的原罪，那是凡人的功課。比較高段的表現手法，建議對照參考金基德的電影《春去春又來》以及奧利佛．史東（Oliver Stone）的電影《閃靈殺手》（*Natural Born Killers*）。

如同奧古斯丁（Saint Augustine of Hippo）在《懺悔錄》（*Confessions*）藉由懺悔兒時偷梨這種「無端作孽」來解釋人的原罪，並且以聖經角度來解釋萬物的運行，《春去春又來》儼然為東方佛教版本的懺悔錄，劇中小和尚兒時虐蛇，展演的同樣是「無端作孽」，人之初性本惡。《春去春又來》由佛法角度談人之罪孽，以四季運轉為敘事軸線，講述一名老和尚與小和尚隱居山林湖中小寺經歷的四段人生歷程，「蛇」在每一個階段都現身，經常象徵著當下人的心念；《閃靈殺手》

代入基督教義談人的原罪，是一部極其暴力的公路電影，講述一對逃離家暴環境、殺人如麻的亡命鴛鴦狂亂的際遇，絕對的不道德，極其之墮落，然而最後卻反諷引導觀眾看見這世界上有一種集體的罪惡，比落單惡人的壞更壞，比如「媒體殺人」。「蛇」的意象在《閃靈殺手》之中被廣泛地串場使用，這對亡命鴛鴦無名指上的婚戒以蛇為造型，伊甸園的蛇、代言魔鬼的蛇、西藥房蛇杖標誌等輪番上陣，蛇就像雙面刃，狡猾、妖嬌，遊走光明與黑暗兩界。

賴和講過一則很有趣的〈蛇先生〉故事，故事裡的蛇先生專業是抓青蛙，但是因為蜈蚣、青蛙、蛇相生相剋，因此很會抓青蛙的蛇先生連帶對蛇相當有研究，後來甚至被誤認為醫治蛇傷的神醫。藉由蛇先生之口，賴和敘述：

> 若有火斗在手，任何黑暗的世界，也可獨行無懼。可是這黑暗中無形的恐懼，雖藉光明之威可以排除，還有生

命上的大敵，實在的危險，不容許你不時刻關心，這就是對於蛇的戒備。

《春去春又來》調性清寂，《閃靈殺手》風格狂暴，敘事方式也許落在光譜的兩個極端，但兩者藉由「蛇」所闡釋的哲學，在我看來，都是賴和這段話的精采闡釋。

野物考現

影

- 《青蛇》，徐克
- 《春去春又來》，金基德
- 《閃靈殺手》，奧利佛·史東

書

- 《懺悔錄》，聖奧古斯丁
- 〈蛇先生〉，賴和

28 暗黑小海女之魚與黑道

暴力團旗下的盜採鮑魚船隊，
他們才是這個時代的暗黑版小海女。

許久前作客友人蘇的家，她招待了一盤小丘般高高隆起的涼拌海菜，那是她蹲在八斗子礁石上超過一小時、浪花撲面的環境下徒手拔下來的第一手新鮮海味，如此費解的行為據說是受到當地持鐵湯匙刮海菜的海女阿嬤之啟發。

身為海島之民，我也是看過真正海女的——西莒菜埔澳陡峭的礁岩上，穿著雨鞋的阿嬤宛如玉嬌龍，高速在滔滔浪花與峭壁上移形換位，一轉眼就在腰間蒐集了一袋疑似什麼海產寶藏的東西，像是海龍王為了獎勵她過人的勇氣與身手送她的禮物。北海岸的路旁，不時看到空地上攤在細網上曝曬的海髮菜、石花菜或綠海菜，許多正是當地資深海女的採收傑作，台灣海女一整年都可以在潮間帶或潛水採集收穫。

靠著自己的雙手獲得海洋餽贈的禮物，漁業此道雖然辛苦，但是往往帶有這種勵志的氣氛，青春熱血的日本 NHK 晨間劇《小海女》便是一個樂觀的例子，這部戲正是為了復興東北震災而量身打造。並不是要刻意潑冷水，但是報導書《魚與黑道》卻開宗名義指出，小海女的原鄉三陸地區因震災蒙受巨大損失，破壞了照明與監視器等公共設施，每逢月黑風高之夜，正是暴力團旗下的盜採鮑魚船隊最忙碌的日子，他們才是這個時代的暗黑版小海女。

日本系統化的跨國性盜漁經濟是公開祕密，台灣人過年吃的那一甕佛跳牆裡的海參很大的機率來自北海道的盜漁船（旺季的時候一天有十噸的盜採量呢），而日本那些米其林鰻魚店的魚苗極可能非法來自台灣（台灣二〇〇七年已全面禁止鰻苗管制期間出口）；當中港台民眾忙著把世界上的海參吃個精光的同時，日本人則忙著把世界上的鰻魚吃到變成稀有生物。日本的盜漁經濟沉痾已深又牽涉到巨大利益，《魚與黑道》的作者鈴木智彥穿梭台灣與香港試圖打探鰻苗地下經濟的黑道背景時，還曾經被善意地警告：「台灣、香港路線深度切入的話，人會漂在東京灣喔。」因為有這一層隱憂，此書作者鈴木智彥在書中表明，無論日本或香港或俄羅斯的黑市交易者都對外人保持極大的戒心；令人啞然失笑的是，唯獨台灣相關業者秉持著台灣人特產的「人情味」對明查暗訪的鈴木智彥門戶大開，一下子請他吃飯，一下請他上船，不知該不該說台灣人天真誠懇還是怎麼的才好。

鈴木智彥曾特地潛入築地當了四個月的打工仔，一般來說，多數報導築地市場的人不像鈴木智彥是為了探聽「盜採的鮑魚是不是也在築地市場賣」這種不甚入流之事。以築地市場為背景的漫畫系列《築地魚河岸三代目》非常好看，側重於向上進取的中盤商與日本引以為傲的海產美味的細節，每一篇故事都提到一種海鮮，其中一篇名為

〈充滿希望的鰻魚〉繞過了鰻苗的取得問題，焦點放在日本的鰻苗養殖業「新希望」：培養和野生鰻一樣好吃、取名為「坂東太郎」的鰻魚（假使把台灣的午仔魚取名為「金城武」我也會感到充滿希望吧）。其他諸如《築地市場：和食之心》這樣的紀錄片，或者《築地市場：從圖看魚市場的一天》繪本，都是帶著朝聖之心而來，將日本漁業重地描繪為重視工作倫理以及職人精神的競技場。

《魚與黑道》雖然比較像是在研究日本漁市的一層頑垢，卻無意將盜漁界定為罪不可赦的惡勢力，反而將這個現象視為一個環環相扣的產物鏈。書中最精彩的篇章講的是北海道淵遠流長的盜漁身世，「罪的意識薄弱，或者該說，先背叛他們的是國家。在根室，對政府的不信任感很深，誰也不相信政府。」此地盜捕的海鮮從海膽、螃蟹、鮑魚一路到海參，經濟效益以百億円計算。

早期日俄爭奪海權，蘇聯時期對方默許日本漁船「越界」在北方領土海域安全工作以換取情報，情報船的狀況類似於小林多喜二於一九二九年寫的紀實小說《蟹工船》，暴力控制與剝削狀況嚴重，一直到蘇聯瓦解，情報船這一行宣告終結，螃蟹雖然在同一片北方領土海域捕獲，卻變成了對岸俄國的產品，北海道暴力團改以主攻海參盜採因應中國顧客的大胃口。如果把百年來的北海道漁業拍成紀錄片的話絕對精采，不過可能受訪者全都要臉部馬賽克與變聲處理，拍攝者還有「會漂在東京灣喔」的疑慮，所以還是算了。「還是算了」這樣的心態，或許解釋了日本對於解決盜漁經濟的龜縮態度。

海洋本不屬於任何人，但是一旦在上面畫出了遊戲規則，永遠會有踰矩者，陸地上的世界也總是有大魚吃掉小魚喔。

野物考現

書
・《魚與黑道：追蹤暴力團的大金脈「盜漁經濟」》，鈴木智彥
・《蟹工船》，小林多喜二

漫
・《築地魚河岸三代目》，橋本光男、鍋島雅治

影
・《小海女》，NHK製作
・《築地市場：和食之心》，遠藤尚太郎

繪
・《築地市場：從圖看魚市場的一天》，森永洋

29 寂寞的熱帶魚養在被安排的愛裡

度假氛圍的魚缸總是蒙著一層雨季似的憂鬱。
如果能像魚一樣潛入不同的生活象限就好了呀！

我常常想，餵魚的快樂究竟來自什麼呢。也許一切關於餵養的行為到底都是為了餵養自身，無論填補的是慾望或情緒或其他的什麼。

——林薇晨，〈魚藻〉，《青檸色時代》

我們家從來沒有養過寵物，唯一稱得上寵物的東西是小蝦米，可能是父親本來一直在動物園上班，不想回到家額外再看到任何一隻猴子或是烏龜。

至於為什麼養小蝦米呢？起因是有一陣子辦公室流行飼養透明小蝦，水族缸裡清心寡慾地不養紅龍、不養華美的孔雀魚，只養些指甲屑般半透明的小蝦，如果水族缸裡的草礁弄得清麗一點，還真有點浮生若夢、悠然見南山的脫俗。

……理想上是這樣啦，但是恬淡顯然也需要經營，而這種經營並不容易。有一天我們家接手了父親同事棄置的水族箱，成了短暫的蝦米之家，但旋即因為各種不知節制的因素，面臨嚴重的生態失衡，優養化的水族缸彷彿打翻了生髮水一發不可收拾，濃厚螢光綠的水藻堵塞所有視線，偶爾閃現其中的小蝦米看起來就像在熱帶雨林中砍柴般辛苦。

如同維持生活，水族箱需要控管，需要定時定量給予，一不小心就走鐘。不過呢，人生海海，也是有那種不特別注重養生，默默便活成魚瑞的命格。有位朋友家裡養過一隻特別長壽的龍魚，魚缸裡空空如也，數十年如一日彷彿時光靜止，每天這魚看起來都像在放空，一家人經常忘了這隻魚的存在，但這魚兒竟也安然從朋友童年一直活到朋友中年危機，安康得不得了。

俏皮的台灣電影《命帶追逐》討論命運，片中出現過一隻很像朋友家裡的魚。這部片是蕭雅全導演的首部電影，我非常鍾愛這部片，覺得它與《熱帶魚》並列台灣喜劇之奇葩，探討議題不流俗套，靈光閃爍，輕快的敘述手法都好歡樂。《命帶追逐》講述了一名意外失去掌紋的年輕男子代班經營當鋪的故事，男子每日坐鎮小窗口前估價，做典當與救贖的交易。故事裡有個橋段，某客戶硬是要典當一隻「紅龍」（早年台灣風行的昂貴風水魚），沒想到識人無數的年輕人卻被這位老千給耍了，沒有看出「紅龍」其實是相形廉價的「珍珠龍」。

在許多都會故事中，飼養熱帶魚經常被視為一種逃避日常現實的投射，比如吉田修一的短篇小說〈熱帶魚〉或張作驥的《美麗時光》都有這麼一缸讓人凝視久久的熱帶魚，但是度假氛圍的魚缸總是蒙著一層雨季似的憂鬱。如果能像魚一樣潛入不同的生活象限就好了呀！

大概有這麼一層意思。

聯考前最後衝刺期，一名愛作白日夢的國中生竟然被綁架了，平白多出一段意外的時光，這是陳玉勳導演的首部電影《熱帶魚》的故事架構，與《命帶追逐》同樣熱衷於玩味命運的錯置，憂鬱的地方不是沒有，但是被小心地收在不顯眼的地方，像是早期錄音帶的Ｂ面。《熱帶魚》大半場景出現在嘉義東石，這裡照理來說並不會出現熱帶魚，但是片中特別安置了一條熱帶魚，牠游錯了地方，受到了安置，並且被投以某種樂觀的期盼，即使在許多層面上都失去了自由。

陳玉勳二〇二〇年推出的電影作品《消失的情人節》延續了《熱帶魚》的部分設定，並且真正地施展幻術，讓時空凝結，多出（或者失去）了一天。美國魔幻電影《大智若魚》（*Big Fish*）男主角初遇摯愛的當下，同樣體驗過時光暫停的奇景，所有的人事物都凝滯不前，僅有他自己可以在這停止的世界中自由穿梭，唯獨時間恢復流轉之後，一切卻快轉加速發生。《消失的情人節》的概念略同——時間就像金錢，有欠有還，存得多就產生利息，超支了則加速充公。

如果時間真的像金錢就好了。但是沒有。《熱帶魚》電影中的男孩寫了一封永遠寄不出去的情書，上面寫著：「在這茫茫人海中，為了不讓這份緣停留在公車上，我決定邀請你與我搭乘同一部潛水艇……」誰知道命運樂於興風作浪，有時優養化，有時紅龍變珍珠龍，青春時純真的願望，有時候留在書包裡就好。

野物考現

書

・《青檸色時代》，林薇晨

・〈熱帶魚〉／《熱帶魚》，吉田修一

影

・《命帶追逐》，蕭雅全

・《熱帶魚》，陳玉勳

・《消失的情人節》，陳玉勳

・《美麗時光》，張作驥

・《大智若魚》，提姆．波頓（Tim Burton）

音

・〈熱帶魚〉／《愛走了》，藍心湄

30 有一種宅叫蝙蝠俠

電影票房成功，使得蝙蝠俠從御宅文化主角更加傾斜成為融入大眾文化的超級英雄。

二〇〇九年，紐約現代藝術博物館（簡稱 MoMA）舉辦過一場導演提姆．波頓的漫畫特展，波頓原本是迪士尼的畫師，後來轉行成導演，擅長打造復古、憂鬱、哥德式冒險的異想世界。當時他已經是好萊塢的明星導演之一，此前他的《剪刀手愛德華》（*Edward Scissorhands*）、《蝙蝠俠大顯神威》（*Batman Returns*）、《地獄新娘》（*Corpse Bride*）等一長串作品已經是談及美國通俗片史時完全無法繞過的障礙，「提式風格」蔚為文化現象，有觀影習慣的普羅大眾可以毫不費力地把它當成共通話題。

台灣曾出版過一本提姆．波頓的短篇圖文故事集《牡蠣男孩憂鬱之死》（*The Melancholy Death of Oyster Boy & Other Stories*），這本圖文詩選集精實地展現了當年 MoMA 提姆．波頓畫展的風格。此書以一則〈熱戀中的枯枝男孩和火柴女郎〉（Stick Boy and Match Girl in Love）故事開場，諸君不難想像這個故事的結果（默哀）。緊接著，波頓又講了某個地方媽媽出軌愛上家中電器，生出一個機器人男孩的悲慘故事，以及頭顱是一粒蚵仔的男孩悲劇……基本上整本書都是這類「我很抱歉」的毀滅風格，波頓特別熱愛人機複合體、人獸複合體，以及穿越陰陽界、跨越物種、異類與怪咖惺惺相惜那種跨領域的戀愛，掌握這一個原則，就能明白「愛德華的手指是十根超長刀片」這樣的人設在導演眼中如何妙不可言。

可惜好萊塢與廣大影迷喜歡波頓的原因，正是他的作品沒辦法引起我太大共鳴的原因。無論故事背景多麼深沉，「提式風格」總是精心營造詼諧之處，導致落在一個安全過度的區塊，加了過多糖精的黑色幽默，往往只是可愛而已，不夠暗黑也不夠痛快。

首先為波頓打響知名度的作品，莫過於一九八九年上映的《蝙蝠俠》（*Batman*）以及一九九二年的《蝙蝠俠大顯神威》。提到蝙蝠俠電影裡的經典反派，後者戲中長得像充氣氣球一樣的企鵝人與蜜雪兒・菲佛（Michelle Pfeiffer）飾演的妖嬌貓女絕對是率先浮上觀眾腦海的前幾名。提姆的蝙蝠俠系列引起的注目與票房成功，使得蝙蝠俠從御宅文化主角更加傾斜成為融入大眾文化的超級英雄。在波頓接手執導蝙蝠俠系列的時候，觀眾當時並不熟悉他的美學取向（《剪刀手愛德華》是他拍兩部蝙蝠俠片中間的空檔問世），因此當他以「提式風格」染指蝙蝠俠傳奇，把電影拍成某種動作喜劇的時候，當年許多鐵粉簡直氣到快中風。三十多年後，我們終於可以馬後炮：波頓能拍出那樣不帥但很怪的蝙蝠俠風格，相當合理。

在過去八十年間，蝙蝠俠的形象在不同人的筆與鏡頭中被塑造成各種形象。在波頓的《蝙蝠俠》之後，跳過導演喬伊・舒馬克（Joel

T. Schumacher）荒誕到不行的版本，克里斯多福・諾蘭（Christopher Edward Nolan）的《黑暗騎士》（*The Dark Knight*）為蝙蝠俠電影帶來無法超越的顛峰經典；影迷們望穿秋水，二〇二二年終於等來了由麥特・李維斯（Matt Reeves）執導的《蝙蝠俠》（*The Batman*）——在情境上它的設定很老派，但是在美學上它又充滿了末世賽博龐克的前衛與陰鬱，我很喜歡。

我強烈懷疑麥特・李維斯在拍《蝙蝠俠》之前研讀過《黑暗騎士崛起：蝙蝠俠全史與席捲全世界的宅文化》（*The Caped Crusade: Batman and the Rise of Nerd Culture*）這本書，因為他非常完美地閃避了先前書中羅列的蝙蝠俠電影各派缺陷，並強化了蝙蝠俠最原始的偵探元素（蝙蝠俠故事最初是在美國《DC偵探漫畫》〔*Detective Comics*〕上連載）。

細數蝙蝠俠宅文化與演進史的《黑暗騎士崛起》內容精實但語調幽默，讓我數度不可遏抑地窩在沙發中笑出聲來——感覺自己就像他書中描述的阿宅，沉浸在一個平行世界裡，和蝙蝠俠裝熟。

野物考現

影

- 《蝙蝠俠》，麥特・李維斯
- 《黑暗騎士》，克里斯多福・諾蘭
- 《蝙蝠俠大顯神威》，提姆・波頓
- 《蝙蝠俠》，提姆・波頓

書

- 《黑暗騎士崛起：蝙蝠俠全史與席捲全世界的宅文化》，格倫・威爾登（Glen Weldon）

繪

- 《牡蠣男孩憂鬱之死：提姆・波頓悲慘故事集》，提姆・波頓

31 蝸牛食堂

在雨露中滑行的那種緩慢，
讓蝸牛看起來像背的是一整顆星球。

回一趟美濃，往往能拿回福袋般巨量的蔬果，放在冷藏櫃裡可以分批吃上兩週。挑菜時，偶爾會撞見一些來自南方的偷渡客，比如自冰箱的冬眠中安然甦醒過來的迷你蝸牛——大概是誤以為春天來了，小生物忽而從菜葉的皺褶深處爬了出來，濕潤地施施而行，緩慢伸出觸角，像一邊伸著懶腰一邊說：「天啊，這幾天寒流還真強。」

此時，不事農作的小孩往往對意外的訪客感到異常友好，蝸牛看起來真可愛，想要私藏為寵物。不過，如果負責種菜的阿嬤恰好聽到小孩的心願，便會露出「你有事嗎？這可是菜園敵軍」的表情以及試圖捏爆匪類的手勢。

同樣的生物在人類的眼中，可能有南轅北轍的形象，食物也是。如果讀過《芭樂人類學家》書中人類學家的閒聊，或能簡單領會到人類建構日常生活的社會與文化意義的方式，類似拍賣會賦予畫作價值的過程，有脈絡可循，可是「整件事情並不單純」。〈人類學家的餐桌〉一文便提過有趣的問題：「〔為什麼蝸牛肉〕被放進人造的、六個圓洞的陶瓷製蝸牛盤，和上西洋香菜、蒜泥、奶油，放進烤箱烤個六分鐘，擺在桌上叫做『法國美食』，一盤可以賣三、五百元；但是我在田野裡吃的龍葵野菜蝸牛湯卻很難被一般人接受？」

文化學者已經絞盡腦汁試圖解釋，人類的自相矛盾牽涉到千絲萬縷的歷史與社會文化背景，有時候還牽涉到道德難題——《為什麼狗是寵物？豬是食物？》（*Some We Love, Some We Hate, Some We Eat*）正是一本讓人坐立難安的暢銷書，或多或少可以解釋我自己長久以來的疑問：何以有些人聲稱熱愛動物，腳上卻踏著皮革製的鞋子？有些人好論公平正義之事，卻待人涼薄？這本書提出了解釋，但拋出了更多問題，諸般解釋聽起來更像是在說明：人類才是最奇怪的動物，不要忘記人類的獸性。

此書的結語是：「新的人類與動物科學所揭露的是，我們對待動物的態度、行為，以及生活中與動物（那些我們愛的、恨的，以及被我們吃掉的）的互動關係，也同樣比我們想像的更為複雜。」假使這段話讀起來太頭痛，有人希望以輕鬆的方式來理解同樣的議題，我覺得閱讀輕快的漫畫《銀之匙》及小說《蝸牛食堂》也有類似的功效。

講述北海道農場生活的《銀之匙》雖然讀起來讓人捧腹，但確實討論了農場作為現代文明產物的各種掙扎，包括把人類最好的朋友送上屠宰場。帶有魔幻元素的《蝸牛食堂》幾乎勵志，一無所有的孩子回到家鄉，打造了一間療癒人心的私廚食堂，後來改編的電影同樣充滿了童真般無邪的調調，但是，把萬般寵愛的寵物豬煮成了大餐吃掉？這個橋段讓人不知所措，甚至怵目驚心，話雖如此似乎也沒有人為了這件事而靜坐抗議，議論其政治不正確。

影史中以美食療癒人心的作品不知凡幾，帶有濃厚宗教色彩的丹麥經典《芭比的盛宴》（*Babette's Feast*）甚至有化干戈為玉帛的魔力，劇中的丹麥村民原本對廚房裡出現的詭異法國食材（比如海龜）戒慎恐懼，甚至哭著表示那是惡魔的考驗，然而當他們吃下頂級法式美食之後，竟然放下了彼此無謂的齟齬，眾人和樂融融。了解貪食是罪，對食物與人物帶有偏見，轉身卻擁抱口腹之欲所帶來龐大得足以泯恩仇的幸福感，這是什麼樣的人性呢？

《莊子》講過一則「蠻觸相爭」的故事，大意是蠻國、觸國兩小邦分佔蝸牛兩角，兩國軍隊經常在交界處（也就是蝸牛頭皮上）征戰，每每死傷數萬，後世藉此故事形容爭端細小而無謂。人世與人性種種，彷彿都濃縮在這微觀又宏觀的殺戮故事裡。

曾經在五月時回美濃，不巧碰到雨季，雨勢時而滂沱如洪，時而柔細如霧。落雨時，許多蝸牛爬上走廊，我指出來給阿嬤看，對蝸牛沒好氣的阿嬤二話不說以掃堂腿將蝸牛飛踢至晒穀場，氣勢如虹。

我替沒有被踢飛的一隻蝸牛拍了兩支短片，音樂放得不同，蝸牛的心情看起來好像就有所不同。在雨露中滑行那種緩慢，讓蝸牛看起來像背的是一整顆星球。

野物考現

書

．《芭樂人類學》，郭佩宜主編

．《為什麼狗是寵物？豬是食物？》，哈爾．賀札格（Hal Herzog）

．《蝸牛食堂》，小川糸

漫

．《銀之匙》，荒川弘

影

．《芭比的盛宴》，蓋布里．亞塞爾（Gabriel Axel）

32 蒼鷺與少年，羊男與少女

蒼鷺是少年內心世界裡鏡像中的自己，
如同黑貓之於小魔女琪琪，羊男之於奧菲莉亞。

宮崎駿老爺爺寶刀未老，《蒼鷺與少年》推出之後引起眾影迷熱烈討論，電影隱晦的敘事手法創造了豐富的詮釋空間，片中各種魔幻的成分與象徵被剔出來細細推敲，有時候與早年宮崎駿作品互文指涉，有時候與宮崎駿本人的生平交相比對，眾聲喧嘩，有人為了「搞懂」故事在說什麼，往復戲院 N 刷——超譯擂台上，《蒼鷺與少年》儼然透過觀眾的解讀而長出更盛大的風景，那是建立在原作之上、不斷翻新的異／譯世界。

故事一開場便交代了日本孩子牧真人正處於二戰時期緊急狀態，

阿諾德・勃克林（Arnold Böcklin），
〈死之島〉（Die Toteninsel），1883 年。

東京受空襲造成真人的母親葬身於醫院火海，真人的父親在郊區擁有戰鬥機部件工廠，於是安排真人遷往鄉間避難。同時，父親再娶真人母親的雙胞胎妹妹，繼母在鄉間懷孕待產，真人在遷入新址時發現母親留給他一本書《你想活出怎樣的人生》（這是一九三七年出版的一本舊小說，也是《蒼鷺與少年》的日本片名），扉頁中留有母親題字：「給長大後的真人」。

也許《蒼鷺與少年》的表現方法比起宮崎駿的諸多前作更為晦澀，然而就片名直接點題提問「你想要活出怎樣的人生」這一點來說，宮崎駿的這部作品不脫他所偏愛的「成長小說」架構——純真的主人翁在經歷過一連串不可思議的旅程之後，漸漸摸索出自己所渴望的價值原型。人類學研究裡有個詞彙叫「通過儀式」（rite of passage），人類經常透過某個儀式（比如畢業典禮）獲得驗證而得以轉換身分；在宮崎駿的世界裡，主人翁經常需要真的以肉身「通過」一個物理上的隧道進入異世界經過一番洗禮，此後才能在各種意義上「重新做個好人」，比如《龍貓》與《神隱少女》。

從宮崎駿的創作史來看，《蒼鷺與少年》擁有早前作品的眾多倒影，二戰虛構背景讓人想到《風起》，母親多病、移居鄉間的設定複製了《龍貓》，至於鮮明的反戰、反法西斯主義情緒，超人的飛行能力、精靈與半獸人等引介者角色更是所在多有，《蒼鷺與少年》幾乎在概念上總結了宮崎駿職涯中重視的所有元素。就此而言，《蒼鷺與少年》的概念並不新穎，然而相較於諸多前作，它有更強烈的宗教性，所謂的宗教性指的不是特定教派傳遞的教義，而是指它超越以往地積極引導劇中人物與觀賞者思考「生而為人的價值」——這世界上幾乎所有宗教都試圖揭示死亡世界與運作原理，藉此協助鎮日與煩惱空虛纏鬥的人類沉思活著的意義，接受引導的人或許就此能獲得宗教性慰藉，如同在未知的海洋上終於找到錨點。

神話的原型多數時候是宗教性寓言的通俗版，《蒼鷺與少年》本身擁有許多宮崎駿前作的影子，與此同時它也與世界各地的神話原型互通有無。實際上，宮崎駿直接在《蒼鷺與少年》中引用了但丁（Dante Alighieri）《神曲》（*Divina Commedia*）概念，片中通往亡者世界的通道入口上刻寫拉丁文「fecemi la divina potestate」（由神聖力量所創造），正是《神曲》冥界入口銘文之一。片中冥界裡的「死之島」岩石型態與柏樹則直接致敬瑞士象徵主義畫家阿諾德・勃克林知名的〈死之島〉系列畫作構圖。

《蒼鷺與少年》的背景架構相當類似於二〇〇六年的一部奇幻電影《羊男的迷宮》（*El laberinto del fauno*）——《羊男的迷宮》背景設定在西班牙內戰結束後，當時法西斯主義的國民軍擊敗了共和軍，正要開始為期數十年的獨裁統治，然而仍受殘餘流竄的共和軍與左翼游擊隊攻擊。在這則故事中，小女孩奧菲莉亞與懷孕待產的母親長途跋涉到偏郊投靠象徵法西斯主義、冷血無情的軍閥上尉繼父，母親最終難產而亡。奧菲莉亞在竹節蟲幻化的精靈引導下，進入了半人半獸的羊男的迷宮，獲知前世為冥界公主的她必須通過三場考驗，才能返回地下世界。

在《蒼鷺與少年》的版本中，真人同樣受到看起來亦正亦邪的半人半獸蒼鷺引介，展開一連串暴力的試煉，故事終了，冥界的建築師兼設計者提議將冥界的主掌大權交付給真人，面對權勢，少年真人回絕了；《羊男的迷宮》尾聲，羊男提議讓奧菲莉亞親手刃弒初生的弟弟，以純真的血液換取重返冥界公主寶座的捷徑，少女奧菲莉亞同樣也回絕了。結局雖略有出入，但是兩位年輕人分別回到了真正屬於自己的歸處，在各自的警世寓言中展現了抉擇的勇氣，他們仁慈而堅韌，擁有無垢的良心。

二戰之後，日本與西班牙的政治情況都有了不可逆的發展，生活在其中的小人物絕非毫無創傷地活了下來，我想，這兩部電影與諸多宗教性神話都試圖彰顯人的意志——唯有不貪生，才能不怕死。

《蒼鷺與少年》中的蒼鷺是披著鳥皮的人，初見時感覺猥瑣懦弱，然而經歷一番爭鬥，牠終究與少年真人和解互信，陪伴真人離開崩塌的冥界，走回生者的世界，從心理學的角度來看，蒼鷺是少年內心世界裡鏡像中的自己，如同黑貓之於小魔女琪琪，羊男之於奧菲莉亞。人的內心深處必定都埋伏著這麼一頭半文明的野獸，牠們不善言詞、牠們彰顯慾望，如何與這些獸共存，且不至於受到反噬，是成長過程中必須灰頭土臉經歷一回的功課。

野物考現

影
- 《蒼鷺與少年》，宮崎駿
- 《羊男的迷宮》，吉勒摩·戴托羅（Guillermo del Toro）

書
- 《神曲》，但丁

藝
- 〈死之島〉，阿諾德·勃克林

Part IV

人啊！人

文明與野性、人與非人之間的殘酷遊戲

33 犬之島

就像被人類隨手剔除的穢物一樣，
牠們卑微地在這片夢土裡遊蕩。

陽明山就像台北盆地的夢境，與腳邊的城市有截然不同的氣溫與氣味，雲裡來霧裡去，每條山徑都像通往一方迷離的夢土。

陽明山上有許多流浪狗。就像被人類隨手剔除的穢物一樣，牠們卑微地在這片夢土裡遊蕩。山上幾次與流浪狗的相遇，讓我看到了美麗陽明山的月之暗面——陰冷芒草堆裡的犬窩、徘徊停車場自制而靈巧的討食黑犬、中正山入夜樹叢後的晶亮犬眼，以及此起彼落威嚇性的狺吠……與牠們濕亮的圓眼相對，一股龐然的感傷總會從我心底深處呼嘯而過，像不能癒合的洞。過著漂移的生活，陽明山對牠們來說應該像外太空一樣了吧，是否也會偶爾憶起雨水從玻璃窗外淌下的過去與善意？那個牠們曾經信賴的、人類的城市，仍好端端地在山下作息，如此近，又如此絕情。

「難道狗不是人類最好的朋友嗎？」二〇一八年發行的定格動畫電影《犬之島》（*Isle of Dogs*）開場便拋出了這個問題。援引大量日本文化元素的《犬之島》背景設定在一座虛構的城市，一次犬瘟危機之中，政府以保護人類之名下令將所有家犬流放至城外不遠的「垃圾島」，城裡的少數人試圖翻轉這個悲劇，故事由此展開。

鬼才導演魏斯．安德森（Wes Anderson）以日本作為這部電影的文化指涉對象時，是否參閱了東京近代史，我並不清楚。但是被譽為「日本崩壞」預言書的《東京漂流》提及，東京在一九五〇年代至一九六七年間，曾經將東京都外海的「夢之島」設為垃圾掩埋場；七〇年代夢之島仍有野狗群蹤跡，流浪狗則徘徊於鄰近的碼頭，此後無主之犬皆絕跡。野狗是指從生到死從未受人飼養照顧的野生犬；流浪狗則是被棄養的犬隻——電影《犬之島》的垃圾島上也有一群「被汙名化」的野狗，最後與一群受棄養的流浪犬相遇。

流浪狗在《東京漂流》書中同樣是重要的精神象徵。現在的東京幾乎不存在流浪狗，就連家犬似乎也喪失了狺吠的能力。在我有限的日本旅行經驗中，似乎從來沒有聽過激烈的犬吠，遇過少數幾次從宅裡冒出來的狗吠，幾乎算不上是「吠」，鳴叫短促而且輕。整潔而自制的社會景象，其實源自於七〇年代東京雷厲風行的滅犬行動。藤原新也在《東京漂流》中，以攝影與報導記錄當時的滅犬行動，批判日本社會在七、八〇年代進入經濟成長安定期後，衍生出迷戀組織管理的病態潔癖：「所有不見容於中產階級社會中的穢物、異物、危險品或等同物品，都被巧妙地封印並且抹殺殆盡。」藤原新也警告，當人類企圖消滅其所認定的所有「病原體」之時，同時也將誤殺能夠維持社會文化活力與多樣性的益菌。

與自稱「野犬」的街拍大師森山大道相似，藤原新也寫作之餘同時也是知名街拍攝影師，在《東京漂流》中亦曾以野狗自我比喻。這兩位七、八〇年代揚名的創作者皆對流浪狗影像情有獨鍾，攝影經常具備粗獷、晃動、失焦的特質，兩人不被正統收編的浪人特質，對於當時講究秩序與精準的日本社會而言，或許正像坦露弊病的柳葉刀。

一直到現在，藤原新也都還是我最尊崇的作者之一，儘管他在台灣的譯作僅有四本。另外三本《印度放浪》、《總覺得波斯菊的影子裡藏了誰》、《雙手合十，一無所求》風格迥異，不似《東京漂流》批判尖銳，然而即便是軟性的抒情、小品與記旅，他都能以精簡文字撼動人心，直視生命的本質。這四本書零星收錄流浪狗或家犬的描繪，狗在藤原新也這一生不同階段中，分別以不同的形象扮演了至關重要的角色，也反映了他不同時期的心境。在〈犬影〉[24]這則故事中，藤原新也談及童年時期的愛犬，每次讀到這則故事，我總是不能自制地淚如雨下，從來沒有飼養過狗的我，也隨之情感沸騰。

《犬之島》沿襲了魏斯．安德森近乎神經質的對稱美學與對於

24 〈犬影〉收錄於《雙手合十，一無所求》一書。

「異類」的包容，然而電影尾聲，其中一隻自詡不受人約束的流浪狗主角「老大」（Chief）依舊選擇回歸體制，歸順效忠於人類，或許是因為這部片終究是人類所定義的喜劇。

陽明山就是台北犬的「夢之島」，這個惡夢至今仍未散去。

野物考現

影

・《犬之島》，魏斯・安德森

書

・《印度放浪》，藤原新也
・《東京漂流》，藤原新也
・《雙手合十，一無所求》，藤原新也
・《總覺得波斯菊的影子裡藏了誰》，藤原新也
・《犬的記憶》，森山大道

34 羊道與森林裡的小木屋

荒野沒有僥倖，
沒有一絲額外之物。

許多年前讀了一本節奏輕快的小書《沒什麼事是喝一碗奶茶不能解決的》，作者提及一件奇異的新鮮事：新疆和哈薩克斯坦都有「吃土」的慣習；新疆當地小雜貨店賣「土塊」零食，「吃起來口感還不錯，有點韌性，不會太粉」，內文指稱非洲、拉丁美洲的一些地區也「吃土」，這種嗜好是超出一般人知識的「普遍現象」，甚至「不是一種特殊文化或經濟情況下的例外」，吃土是健康零食。我經常覺得自己就要吃土了，書中所言無疑是一項有用的指引。

這本書的作者梁瑜是人類學家，曾經在新疆做研究，早在這本觀察筆記書出版之前，她以〈沒什麼事是喝一碗奶茶不能解決的，如果有，喝兩碗〉獲得台灣「芭樂人類學」網站首屆芭樂籽大賞首獎，那是一篇生動的新疆飲茶文化側記；只可惜她的第一本書挪用了文題當書名，卻只摘錄了文章片段，其餘篇章主要是透過有趣的小故事，從研究生客座的角度，描述不同地方族群的文化距離。

有這樣的書名，可想而知，「喝奶茶」在新疆游牧文化裡多麼不可或缺。新疆風吹草低見牛羊的荒野裡自然找不到茶樹，當地游牧家庭用的多半是原產於湖南、乾燥後蒸壓成磚的「茯茶」，硬度可比擬台灣的酸柑茶。到底有多硬呢？《羊道》的初夏紀事描述當地人每次要喝茶「必須用匕首狠狠地撬，才能挖下來一塊」，「遇到特別硬的茶塊，別說匕首了，連菜刀都剁不開。扎克拜媽媽只好用榔頭砸。但一時仍無效果。她一著急，扔了榔頭就拿出斧頭⋯⋯。」

關於新疆游牧民族的奶茶文化，梁瑜的紀錄算是可愛的入門前導文，如果想知道更多，那非得要讀讀李娟陪著哈薩克游牧家庭四季轉場的新疆系列，尤其是《最大的寧靜》以及《羊道》三部曲，文風同樣風趣。李娟是長年生活在新疆的漢人，家人在鎮上做雜貨店的生意，關於哈薩克牧人的游牧生活，從她筆下的日常紀實之中，讀者更能深切地感受到「喝一碗奶茶」為哈薩克游牧家庭帶來多偉大的慰藉——開心、宴客、疲倦或無聊的時候都要喝，頻繁到光是讀那些敘述都會出現膀胱要脹破的幻覺。

無論是梁瑜或李娟，她們都知道自己的報導有其侷限，主要是兩人皆為外族的旁觀者，語言與文化的隔閡勢必帶來偏見；這點她們在書中都坦承不諱。也許因為多了這份自覺，李娟最知名的游牧紀事《最大的寧靜》以及《羊道》議論極少（關於政策與時勢的點評，李娟僅在《羊道》繁體中文版致台灣讀者的序文中點到為止），低伏於側，描述的就是普通生活點滴，幾乎是流水帳——流水帳要好看可不容易啊！能連續記錄三個季節而不讓人無聊得流出目油？想起來都難。

兒時的我非常著迷於美國作家蘿拉．英格斯．懷德（Laura Ingalls Wilder）的拓荒系列故事，她童年隨著家人搭乘大篷車從美國中部一路西進拓荒，探索未知的定居之處。《最大的寧靜》寫過：「荒野沒有僥倖，沒有一絲額外之物。」恐怕是因為同樣的原因，我在李娟的游牧紀事中讀到許多蘿拉故事中同樣被珍視的美德，比如對既有物資的高強度循環利用，比如妝點生活氣氛的美學，準備禮物、款待客人的費心；生活可以侷促，但是尊嚴必須要有。

值得讓人玩味的是，蘿拉．英格斯．懷德是美國人，但是她的懷舊作品中，童年視角描述美國印地安原住民的敘述方式，並不把原住民視為「同國」——蘿拉小朋友側記屯墾者「觀看」原住民的視角多半具有窺視、疑懼的成分，隔閡顯而易見。

身分的認同與群體的融入是一種漫長的社會學習，相較於李娟的委婉、蘿拉的盲目，來自台灣、同時具有原住民與漢族血統的梁瑜從人類學者角度寫「凝視」，寫得更坦白而犀利。《沒什麼事是喝一碗奶茶不能解決的》裡面提及一則「我知道你怎麼看我」的微妙例子：

曾有一位哈薩克學長聊及二道橋，說起一個小故事。每當他與維吾爾族朋友在二道橋區域閒晃，總會看見一類人，他們的標準配備是，遊人的裝扮、內地人的長相、背在胸腹前的厚背包，以及戒慎恐懼的眼神。和這一類人擦肩而過，這位學長和他的維吾爾朋友往往會心生惡趣味，故意在短暫的接觸中做出近似扒竊的假動作：撥弄一下對方的後背包或是碰觸他們的褲袋，接著裝作沒事地走開。「眼神，重點是眼神。」學長這麼對我說，「他們的眼神啊，一看就知道很緊張，你看了就會覺得很好笑，忍不住想這麼做。」

此書提及許多類似的小例子，輕鬆描述不同地方、不同族群的人

「看人的方式」，還有那眼神裡的各種文化距離，那種輕鬆的寫法不是很多人寫得來的。我以前經常在外地看到這種「背包背在胸前」、「神色緊張」的遊客，心裡面總是替他們覺得緊張。而那種感覺自己隨時要「被害」的姿態，其實不用出國也到處看得到。

《羊道》描述哈薩克牧人如何喜歡摳松樹的松膠，一丁點一丁點蒐集起來放進嘴裡嚼，當成天然的泡泡糖吃，不嚼的時候就吐出來黏在衣服扣子、耳環或錶面上，無限期使用。蘿拉描述爺爺花一整個冬天做小木桶和木導管，在楓樹上鑽洞引樹液做楓糖漿。諸如此類的細節，帶領讀者來到一個時間與空間感都截然不同的遠方，我能夠一遍一遍地讀，從中感到平靜。那種療癒感可能接近哈薩克人喝奶茶的勁頭吧。

《最大的寧靜》寫過：「這個時代已經沒有與世隔絕的角落了。」中國游牧民族的通訊網路早有長足的進步。即使是這樣，書裡書外的陌生世界仍如此之廣，讓我時時感到無知，長途跋涉沒有終點。

野物考現

書

- 《最大的寧靜》，李娟
- 《羊道》三部曲，李娟
- 〈沒什麼是喝一碗茶不能解決的，如果有，喝兩碗〉／「芭樂人類學」網站，梁瑜
- 《沒什麼是喝一碗茶不能解決的：我的人類學田野筆記》，梁瑜
- 《大森林裡的小木屋》等拓荒系列，蘿拉．英格斯．懷德

35 穿西裝的兔子

他們的日常生活就是一連串的逃脫。

從前從前，有隻可愛的小兔兔名字叫彼得，彼得總是穿著水藍色西裝外套，而且所有印上他身影的商標產品都會變得奇貴無比——即使是一小盒餅乾，或者新生兒的口水巾。這就是國際兔子巨星的待遇。

彼得兔是原創者碧雅翠絲．波特（Beatrix Potter）與小讀者通信時創作的角色，一九〇二年出道（故事書正式出版），一炮而紅。波特畫風柔美，色澤讓人輕易地聯想到育嬰房與任何粉嫩溫和的東西。彼得兔的傳奇開場卻不是柔情的搖籃曲，故事是這樣開場的——

有天早上，彼得的媽媽提醒孩子：「嘿，親愛的，你們可以到田

《彼得兔的故事》初版封面，1902 年。

野或路邊跑跳，但千萬別進麥奎格先生的花園噢。」兔媽解釋：「因為吼，你們的老爹在那邊出了點意外，被麥奎格先生做成了派。」原版故事書中，波特女士在這段話旁邊貼心地畫了插圖，一名婦女端著剛出爐的兔肉派，身後金髮小娃探頭出來，手持叉子準備開吃。

十年後，波特說她已經「厭倦了老寫好人的溫情故事書」，寫下一則離奇的綁票案《陶先生的故事》（*The Tale of Mr. Tod*），作為彼得兔系列故事的最終章，此時彼得兔已經是成年兔，至於陶先生則是隻奸巧的狼。故事描述兔爺爺（彼得兔胞姊的公公）引獾入洞，卻因抽甘藍葉雪茄抽到ㄎㄧㄤ掉，害自己的一窩小孫子被獾拐走，彼得兔只得陪著氣極敗壞的姊夫出門營救小貝比的驚魂記。最後，失禮的獾在陶先生家的床上睡著，狼獾惡鬥，彼得兔的外甥們才得以逃出獾口。

簡直可以拍驚悚片了呢，聽這種床邊故事孩子還睡得著嗎？歐洲童話裡，擬人化的動物經常像集體參加GQ Suit Walk，穿西裝、扮仕紳，從十七世紀穿長靴的貓，一直到十九世紀末帶領愛麗絲掉進夢遊仙境的小白兔，與二十世紀知名的大象巴巴（Babar）皆然。那些人類才有的裝束套到了動物身上，似乎足以構成某種閱讀默契——聽聽就好，這當然是虛構的呀！

一八九八年，厄尼斯特．湯普森．西頓（Ernest Thompson Seton）親繪插圖，在大西洋的另一側出版了動物文學中遠近馳名的《西頓動物記》（*Wild Animals I Have Known*），書中沒有穿西裝、站著走路的動物，篇篇痛快而激昂，筆下所有動物都有濃烈的英雄特質與個性，所有故事都受到死亡命運的追逐。關於死亡，《西頓動物記》裡關於棉尾兔破耳（Raggylug）的篇章寫出了中心思想：「沒有野生動物是壽終正寢，他的生命遲早都會以悲劇告終，問題只在於他可以和敵人對抗多久。」因此，棉尾兔的敵人無所不在，「他們的日常生活就是一連串的逃脫」，說的既是破耳，也是彼得兔家族無法逃脫的自然法則。西頓不只一次在書中強調，即使他把動物的語言翻譯成人類語言（書中甚至收錄了烏鴉啼叫的音譜與語境翻譯），但這些故事是真實的，因為所有野生動物生活永遠都以悲劇收場，而他不迴避這些悲劇。

西頓與波特同樣是熱愛自然、對動物習性觀察入微的作者，寫作年代落在同一個時期，彼此對於兔子、狼等動物的觀察亦多有疊合，甚至不約而同、不同程度地藉由動物世界諷刺了人類的虛榮。比如破耳故事中，西頓故作輕鬆地寫道：「（兔子）占據沼澤這麼久，不免以為沼澤的一草一木和附近的一切都屬於他們。……他們的說法是，占領的時間夠長，地盤就屬於他們的，這和大部分國家宣布占領疆土的台詞一模一樣，難以反駁。」

有意思的是，從來沒有評論者去議論彼得兔的存在是如何虛假，但當年卻有許多評論抨擊像西頓這樣的寫作者有偽造之嫌，背離自然寫作的科學原則，代入太多人性的敘述——儘管西頓所描寫的棉尾兔，遠比彼得兔「自然」、「野生」幾百倍。

時至今日，悲劇與否、真實與否，不再是論斷《西頓動物記》文學價值的標竿。我們也無法說波特筆下動物因為愛穿西裝，所以沒有一丁點真實的映照。反之，在這個真實得讓人背痛的世界裡，確實參雜了許多說不清的虛幻成分。

而我，不免也時時感到自己的日常生活「就是一連串的逃脫」。

野物考現

書・《西頓動物記》，厄尼斯特・湯普森・西頓

繪・《小兔彼得的故事》，碧雅翠絲・波特

・《陶先生的故事》，碧雅翠絲・波特

・《大象巴巴的故事》（*Histoire de Babar*）系列，尚・德・布倫諾夫（Jean de Brunhoff）

36 鮭魚大砲與狡猾狐狸

人類連偽裝自然都省略，
直接成為指派生物去向的造物主。

許久前我在電視上看到一部短片，國外一間名為Whooshh Innovations（意指「咻一下飛過去」）的新創公司發明了一種名為「鮭魚大砲」的東西，這條管子長得像一條架在山川之間的超大型吸管，用以幫助那些在下游焦慮徘徊、力爭上游的鮭魚抄捷徑，省略好幾天的洄游過程，以「搭高鐵」的方式瞬間空降到上游。畫面中，工作人員笑瞇瞇舉起一隻肥胖的鮭魚塞進大砲，那條鮭魚高速公路在空中咻咻咻地抖動，鮭魚之母「欸？」了一聲便以閃電俠之姿突然抵達終點。

對，以前我們都看過那種協助鮭魚回家的人工石梯等「亡羊補牢」的人類巨作，其實也不難想像，在無極限的水泥河川整治、水壩、發電廠建設催逼之下，鮭魚回家的扭曲過程變成了一場人類與大自然爭霸史的花絮，但是看到鮭魚大砲現世，我才意識到人類社會高度發展摧毀生態系的荒唐行徑已經到了什麼境地——連偽裝自然都省略，直接成為指派生物去向的造物主。

台灣對於「里山倡議」（提倡人類與自然和平共存）的理解，有一部分來自於近期一級保育類石虎「路殺」意外引起的關注，尤其「淺山森林之王」石虎屬於台灣僅存的野外貓科高階消費者，成為淺山生態系是否健全的重要指標。

「里山倡議」行之有年，這個倡議無非是寄託於一種烏托邦式的想望，因為人類文明進程至此，所謂與自然和平共存的善意，其實是建立在一個已經萬劫不復的文明開發地景之上。動物友善通道以及協助鮭魚「免洄游、速返家」的吸管等等，這些友善的手勢其實是人與自然共存希望破滅的修補。

關於這點，早前台灣出版的一本小書《狐狸小八》（*Fox 8*）等於相當客氣地從狐狸的角度再次提醒狡猾的人類：人與自然動物和平共存可以有更好的結局。《狐狸小八》敘述一名小狐狸因為常常躲在人類窗外聽床邊故事，略懂人類語言，對人類產生了（不切實際的）好感，直到人類不知節制的建設影響到了狐狸棲地，牠與友伴被逼上絕路。「人類真的可以信任嗎？」小狐狸似乎怯生生地問了這麼一句，我其實想說「身為人類，我很抱歉」，真的無法信任啊。

《狐狸小八》故事可以在多年前出版的繪本《小狐狸回家》（*Faraway Fox*）中找到影子，《小狐狸回家》故事中，高速公路截斷了小狐狸返家之路，最後僅能仰仗動物友善通道返回屬於自己的棲地。然而我覺得將《狐狸小八》的概念更完整交代完成的是吉卜力工作室早在一九九四年推出的動畫作品《平成狸合戰》，故事描述東京多摩丘陵森林的狸子群因為受到住宅區開發，一開始被迫捍衛棲地劇烈抗爭，一直到最後無可奈何地接受了棲地不可復返的殘忍現實——

在日本傳說中，狸子是懂得喬裝術的動物；《平成狸合戰》的故事尾聲，有很大一部分的狸子放棄了野性生活，選擇化身為人類，順應人類組織中的遊戲規則，變成了當代真正的「社畜」。

《狐狸小八》這則天真可愛小故事讓人一下子很難聯想是寫過重量級《林肯在中陰》（*Lincoln in the Bardo*）、《十二月十日》（*Tenth of December*）的同一個作家作品，但是開場狐狸小八氣急敗壞為狐類辯白的滑稽感，倒是喬治・桑德斯（George Saunders）揶揄的口吻沒錯。在這裡，狐狸小八抗議表示狐狸並不狡猾，「我們才不騙雞！……我們跟雞，有一種超級公平的協定。那就是，牠們生蛋，我們拿蛋，牠們生更多蛋。有時候我們會吃一隻活雞，要是那隻雞願意被我們吃……。」關於「超級公平的協定」這點當然是一種詭辯，這世界上並沒有什麼超級公平的協定，只有相對公平的協定。

大概是西方世界的狐狸經常偷吃農場裡的雞吧，恨得牙癢癢的人類總是把狐狸寫成老奸巨猾的偷雞賊，魏斯・安德森甚至為此改編了一部以「偷雞大盜」狐狸為主角的故事，推出定格動畫《超級狐狸先生》（*Fantastic Mr. Fox*）。幾年前迪士尼動畫《動物方城市》（*Zootopia*，直譯為「動物烏托邦」）同樣努力翻轉狐狸給人的狡猾印象，然而這部片最驚人的架構在於假設哺乳類動物已達成和平協議，共存於烏托邦式的大都會，肉食動物都不肉食，改吃素。

人類一廂情願的幻想總是讓人驚異。不流血的奮戰總是容易訴諸於理想，然而人類或自然界的權力角逐往往從血流成河開始。

野物考現

書

・《狐狸小八》，喬治・桑德斯

繪

・《小狐狸回家》，茱莉・湯普森（Jolene Thompson）（文）、賈斯汀・湯普森（Justin K. Thompson）（圖）

影

・《平成狸合戰》，吉卜力工作室製作

・《超級狐狸先生》，魏斯・安德森

・《動物方城市》，華特迪士尼動畫工作室製作

37 松露與松茸絕境逢生

唯有熟悉森林生態的人與動物
才得以一親芳澤。

我熱愛吃菌菇，之前在中和華新街買過來自雲南的油醃雞樅菌，味道奇絕，是一種從來不存在於味覺記憶庫的味道。某一期《鄉間小路》專題報導提及，二〇一一年時雲南的松露十分廉價，當地人說：「你們台灣人說這高檔，我們拿來餵豬的。」現在他們知道這豬食可以賣多貴了，所以價格就好比當年的比特幣，一飛沖天。

美國曾推出真人實境秀《黑松露挖寶戰》（*Unearthed*），講述一群人在奧勒岡州森林中打游擊般的獵菇盛況，製作單位把它拍得像《厄夜叢林》（*The Blair Witch Project*，美國低成本恐怖片）生存遊戲，鏡頭搖晃，情節喧嘩、嗜血而拜金。相對之下，另一部描述義大利森林中白松露獵人的紀錄片《松露獵人》（*The Truffle Hunters*）優美恬靜得像一首田園詩，人犬情深意摯，深深打動了我（不包括價格那部分）。

野蠻也罷，古典也好，這兩部松露故事所呈現的視角略顯單薄；套用報導書《在世界盡頭遇到松茸》（舊版書名《末日松茸》，*The Mushroom at the End of the World*）的說法，《黑松露挖寶戰》呈現的是一種普遍的美式幻想，所謂「生存」即為「擊倒他人以拯救自己……是征服與擴張的同義詞」。《松露獵人》即使調性溫柔，不免也需要提到跨國市場對採集傳統的影響，片中老爺爺向中盤商抱怨：「以前我都是到市場擺個小攤子賣松露，現在我只能無條件接受你的出價。」傳統松露採集儘管也講究地域性，卻包含合作、共享、贈禮的多層文化關係，一旦松露進入國際外包產業鏈，便淪為與生態和採集者斷聯的冰冷商品。

松露與松茸皆身價不凡，千金難求主因是它們至今無法人工培養規模化，又深埋土中，唯有熟悉森林生態的人與動物才得以一親芳澤。雲南與奧勒岡州都是松露與松茸出沒的重要產地，風土氣候提供了基本條件，但《在世界的盡頭遇見松茸》一書更深層地解釋了松茸產業背後千絲萬縷的關係。奧勒岡森林並非原始山林，採集菌菇的主要成員也絕非《黑松露挖寶戰》所呈現的清一色白人，美國採集松茸的主力是東南亞流亡者，包括苗族與瑤族。

奧勒岡森林最早是美洲原住民的領地，一九五四年美國政府單方面認定原住民族已與美國社會徹底同化，廢除了對當地部落的所有保護條約義務，自此私人伐木公司與國家單位空降介入，管理方式與「進步價值」的追求，造成林地砍伐殆盡。數十年後伐木業蕭條，一九八六年美國政府重新承認地方部落主權，疏於管理的人工森林日益蕪雜，松茸在經歷浩劫的森林「廢墟」之中，反倒因某些特殊生長需求而欣欣向榮。

台灣創作者阿多（Adoor Yeh）精彩的紀實漫畫《一起走》特別提

及《在世界盡頭遇到松茸》，或許是聯想到原住民部落在各方面的邊緣處境。《一起走》描繪了部落地方創生的觀察，幸而沒有落入勵志英雄主義的套路，反而試圖描述：在維持傳統文化與國家導向資本社會的拉鋸戰中，人類所看到的、能做到的面向都有其侷限。從這個角度來看，圖文作家黃瀚嶢的台東知本溼地追蹤報導《沒口之河》尤其適合與《在世界盡頭遇到松茸》、《一起走》並置閱讀，它精彩地解釋了一塊外地人看起來平凡無奇的荒地，如何成為歷史長河上政治、生態的競技場，對於原住民族、漢人與國家來說，這塊空間分別具備什麼樣的價值，又凝聚了什麼樣的認同感。

採菇達人都說，尋菇要先熟悉相關植物生態，循著樹的線索才能找到與這些樹種形成共生關係的野菇群落。這個要訣似乎跟培養任何興趣都很類似，喜歡任何人事物，首先要先認識周邊環境，養成一個體系的認識才行。那樣，才能從徐緩起伏的地表殘跡中，勉強想像地底三呎下的收穫。

野物考現

漫
- 《一起走》，阿多
- 《在世界的盡頭遇見松茸》，安清（Anna Lowenhaupt Tsing）

書
- 《沒口之河》，黃瀚嶢

影
- 《松露獵人》，德威克（Michael Dweck）、柯爾紹（Gregory Kershaw）
- 《黑松露挖寶戰》，Discovery 頻道

38 等待一頭缺席的雪豹

正因為求之而不可得，「雪豹」自此成為一種關於生命自省與突破的神祕超級象徵。

二〇二二年台灣書市出現了兩本關於雪豹的作品，一本是台灣作家徐振輔的《馴羊記》，一本是法國作家席爾凡・戴松（Sylvain Tesson）的《在雪豹峽谷中等待》（*La panthère des neiges*），風格南轅北轍，擺在一起看頗有趣。意象美麗的《馴羊記》溫文儒雅，連批判都含蓄非常，敘事手法遊走於虛構與寫實之間，承襲了早年彼得・馬修森（Peter Matthiessen）思索佛學中「無我」概念的自然寫作書《雪豹》（*The Snow Leopard*，一九七八年出版）的敘事傳統，以追尋雪豹為軸線，思索各種私人與社會背景的命題。《在雪豹峽谷中等待》則像在酒吧裡喝到半茫的男人絮語，不拐彎抹角，直接表明了老子就是要看雪豹，罵起政府也很爽快，很多插科打諢的橋段。繼《雪豹》之後，《馴羊記》與《在雪豹峽谷中等待》無疑為這半個世紀以來以「追尋雪豹」為主題的創作增添了有趣的兩筆紀錄。

暱稱「幽靈」（Ghost Cat）的雪豹為世界上最罕見的保育類大型貓科動物，行蹤飄渺，生活於中亞地區嚴峻的高海拔雪山深處，在地方傳說中自古擁有崇高的象徵地位，卻一直到一九七〇年代才透過攝影被普羅大眾「看見」，世間對於這種珍稀、美麗並且在困厄環境中生存的生物產生了無比的嚮往。一九七八年，彼得．馬修森出版的《雪豹》一書將雪豹的現代神話推上了巔峰，書名明寫「雪豹」，實際上作者在惡劣的風雪中苦候數月卻徒然無功，根本沒見到任何雪豹，字裡行間多是作者個人性靈探索的自白。正因為求之而不可得，「雪豹」自此成為一種神祕的理念代號，一種關於生命自省與突破的超級象徵。

「雪豹」在象徵意義上的功能在二十一世紀的好萊塢電影《白日

夢冒險王》（*The Secret Life Of Walter Mitty*）中發揮了極大值——故事虛實交錯，描述一名在《生活》（*Life*）雜誌底片部門工作的中年失意男子，為了解決失業與失戀的危機勇闖天涯，劇情的高潮出現在他獨自深入喜馬拉雅山區尋覓能提供關鍵底片的攝影師，兩人會面的當下，那位攝影師正在拍攝雪豹。雪豹明星一樣步入鏡頭，中年男子問攝影師怎麼不搶拍？演員西恩．潘（Sean Penn）以磁性低沉的嗓音回覆：「有時候我不拍。對我來說，如果喜歡某個當下，我不喜歡相機來攪局，我只想活在當下。」「生活」、「冒險」、「雪豹」、「活在當下」這幾個元素鋪陳出現成的心靈雞湯萬花筒，尤其是「雪豹」這張王牌，它等於是送給觀眾一個括號，觀眾可以盡情填入空白，將劇中雪豹解讀為個人希冀的模樣。

這齣喜劇電影幾乎是各種老生常談的自助餐，老生常談的好處是讓人易於聯想。《白日夢冒險王》利用了《生活》雜誌的停刊歷史背景，或許是想套用「生活」這個廉價的象徵，但是電影沒有說的是

《生活》雜誌是形塑現代新聞攝影美學的始作俑者，這套美學講究「賣點」，訴求搶鏡的奇特景觀，形塑了當代人對未知的觀看方式[25]。

電影同樣讓人想起一本攝影文集《缺席的照片》（*Photographs Not Taken*），此書邀請眾攝影師聊他們所沒有拍攝或無法拍攝的現場；如果攝影是一種獲得，那麼他們討論的則是各種失落，反覆驗證「放下相機只是為了完全地在場」這個說法。人類獵奇之心與未竟之志的結合，使得雪豹神話如雪球般越滾越大。

《在雪豹峽谷中等待：這世界需要蹲點靜候，我去青藏高原拍雪豹》這本書的書名加上副標有夠長，但其實法文書原名就只是「雪豹」而已，是美國始祖《雪豹》一書的法國對照組。作者戴松以冒險王之姿橫行文壇，在獲邀陪野生動物攝影師友人出發到青藏高原上前不久，才喝得醉醺醺地爬上屋頂墜落導致昏迷三週，頭殼破洞、胸骨斷裂、脊椎挫傷，顯然這一切都沒有阻止他到一個空氣稀薄且行走困難的地方晃遊，儘管他在現場的表現似乎都只是在動物出現時努力保持安靜與搞笑（以及偶爾的沉思）。

《在雪豹峽谷中等待》與馬修森的《雪豹》最大的差異是戴松確實看到了雪豹，而且高達三次。無論親眼見證與否，《在雪豹峽谷中等待》、《雪豹》、《白日夢冒險王》一概將追尋雪豹的過程與生命中重要女人產生連結，將雪豹投影在生命意義與愛情的幻影與失落之上，如同在深厚的皚皚積雪中，艱困地追尋虛線般終將不知所蹤的足跡。

徐振輔的《馴羊記》野心十足地將歷史脈絡、虛構情節引入個人經驗，同樣建構在巨影籠罩的雪豹神話之下，書末亦暗示了愛情——卻寫得極輕，像是不忍破壞一點靈犀。《馴羊記》因為是中文寫就，比以往的譯作更能體會那文字與意象的鮮活。世人都關注「看到雪豹了沒有」這件事，《馴羊記》給了一個稍微不一樣的答案，作者在山上沒有看到，在故事裡聽過，最後，是在動物園與雪豹打了個照面，陳設值得玩味。

---

25 郭力昕《再寫攝影》的〈論新聞攝影〉中提及，獵奇的鏡頭也是一種特權與暴力。

雪豹見或者不見，都是意在言外的。我想到，除了人類，自己幾乎沒有那樣為了動物深刻蹲點的體悟，最接近的經驗大概是半夜三更起床蹲點靜候，企圖在白茫茫的牆面上，打死一隻該死的蚊子。

野物考現

書

- 《雪豹：一個自然學家的性靈探索之旅》，彼得・馬修森
- 《馴羊記》，徐振輔
- 《在雪豹峽谷中等待》，席爾凡・戴松
- 《缺席的照片》，威爾・史岱西（Will Steacy）編
- 《論新聞攝影》／《再寫攝影》，郭力昕
- 〈當我們尋找雪豹時希望發現什麼？〉（What Do We Hope to Find When We Look for a Snow Leopard?）／《紐約客》雜誌，凱瑟琳・舒茲（Kathryn Schulz）

影

- 《白日夢冒險王》，班・史提勒（Ben Stiller）

39 你想知道卻不敢問的關於鳥屎的一切

《鳥糞島嶼法案》：只要美國公民在任何未有從屬的無人島上發現鳥糞，該島將「附屬於美國」。

之前讀到新聞一則，一名比利時農夫駕駛拖拉機務農時嫌一塊大石頭擋路，遂將它挪到一旁，沒想到這礙事的石塊是界定法國與比利時疆界的「界碑」，此舉讓比利時領土「擴張」了兩公尺多。如果每天都兩公尺、兩公尺地這樣偷偷向前挪動界碑，法國很快就會不見了呦！比利時人大概一邊偷笑一邊作著兼併的美夢。

提及領土與疆界，必須大力推薦一本精彩史書《被隱藏的帝國》（*How to Hide An Empire*）。書中提及，相較於前幾世紀地圖的「動亂」現象，過去幾十年的世界史中，除了少數特殊案例，地圖其實少有變化。比如說，我們所認知的義大利一直安穩地長得像一隻靴子、美國長得像一塊橫在加拿大與墨西哥中間的沙朗牛排。不過，《被隱藏的帝國》舉美國為例，二戰之前，美國長期以來橫爭暴斂土地（包括無數堆滿鳥糞的無人島），美國這個「帝國」的管轄範圍遠遠超過我們認知中的經典國土形狀。

《被隱藏的帝國》裡有一個章節名為〈你想知道卻不敢問的關於鳥屎的一切〉，簡述十九世紀鳥屎如何成為人類爭先恐後搶奪的「白金」。當時歐美農場地力耗竭，乾燥鳥糞是當時人們發現最能有效恢復地力的氮肥，那些凝固了古老碳化鳥糞層的蕞爾小島於是成為必爭之地。當然啦，文豪雨果可能對此稍有微詞，在我們讀到《悲慘世界》裡的名言「下水道就是城市的良心」並且進入重要的下水道場景之前，雨果這位岔題王花了一整卷的篇幅試圖論證人類的天然水肥更勝鳥糞，巴黎人的屎不應該白白浪費沖入大海，而應該輸入農田。他論稱，「任何鳥糞的肥效，都不及一座京城的水肥……我們的糞土就是黃金」，「我們耗費大量的錢財，派船隊去南極蒐集海燕和企鵝的糞便，卻把手頭不可估量的富源奉送給大海」，文豪嗤之以鼻。

說雨果是岔題王並非虛言，此公在《悲慘世界》裡花了更長的篇幅（一整卷）來論述滑鐵盧戰役（同樣不會出現在歌舞劇和電影中），這其中有完整一個章節用來歌頌康伯倫將軍，因為當英國將軍對法國人說「投降吧！」的時候，康伯倫只對他們說了一個字：「Merde!」

Merde 這個法文字直譯就是「屎」，同台語「sái」，意譯的話就是：「吃屎吧你！」彷彿這是世界上最曼妙的字眼，雨果接下來一瀉千里歌詠這偉大的咒罵，他說：「這樣一句話如一聲霹靂，回擊要劈死你的雷霆，這就是勝利。」（以下省略幾千字氣鼎山河的讚美）

說到這兒，您也不得不承認 Merde 的厲害。為了奪糞，美國在一八五六年成立了《鳥糞島嶼法案》——只要美國公民在任何未有從屬的無人島上發現鳥糞，該島將「附屬於美國」。此法通過後，一群投機客紛紛橫行四海蒐羅美國新領地，一九〇二年，美國的海洋帝國已經擁有九十四座鳥糞島。這些境外領地往往不受到重視，連美國人都不熟悉，但是它們在政治、經濟與世界權勢的角力場上扮演了很重要的角色，《被隱藏的帝國》舉證了一連串諸如此類值得玩味的例子。

此書上半部描述美國如何將實質上佔領一方領土視為重要的謀略，下半部則描述二戰之後，隨著傳統殖民帝國瓦解，以及科技、化學與產業工程的精進，美國開啟了新的強權模式，不再以掌握大批土地為首要之務，改以控制小點（各種零星基地與技術）來達成稱霸全球的目標。換言之，古時候把界碑移動兩公尺也許是很大條的事，失之毫釐、差之千里，拿破崙可能一怒之下要開砲；在現在的高科技世界裡，爭權者也許有餘裕一笑置之，因為更重要的爭奪戰不再侷限於領土形式。

鳥類學家川上和人曾在《鳥類學家的世界冒險劇場》書中盛讚鳥糞是「神聖的寶物」，因為鳥糞中隱藏著生態研究的各種蛛絲馬跡，好比說，名為「迷你貝」的蝸牛可以靠著「被鳥類吃下肚」這麼激進的行為來長距離移動，根據實驗顯示，迷你貝搭上玩命順風車，大概有十五%的存活率可以（跟隨鳥糞）成功移民到遠方。

川上和人的鳥類觀察工作據點經常在無人島，因為無人島相對更能展現地方特有的生態系。他舉了很多有趣例子來說明鳥類學者致力維護生物多樣性的努力，比如說，研究人員在登島之前都必須「自我淨化」一週禁食含種子的果實，避免「外來物種」摧毀地方生態系。一個地方豐富生態系的形成也許需要數百萬年的醞釀，但可能一顆種子、一批外來山羊就讓一切倒退為零。

不管人類是否重視這個問題，全球化帶來的文化霸權或地方生態浩劫經常來得又急又快。但是，有時候想想紀錄片《薩爾加多的凝視》（*The Salt of the Earth*）裡的攝影師花了二十年在荒地上種回一片森林，而森林帶回了湧泉與生物多樣性，從中又感到一絲希望。

野物考現

書

- 《被隱藏的帝國》，丹尼爾·因莫瓦爾（Daniel Immerwahr）
- 《悲慘世界》，雨果
- 《鳥類學家的世界冒險劇場》，川上和人

影

- 《薩爾加多的凝視》，溫德斯（Wim Wenders）

40 漁人的搏鬥

大部頭紀實小說《白鯨記》可說是二十一世紀真人實境秀的紙本先驅。

自從真人實境秀蓬勃發展之後，以阿拉斯加為背景的真人實境秀便源源不絕輪番上陣，清一色主打與自然爭鬥、從蠻荒中找到致富密碼的主題（淘金、野外求生、捕蟹等等），與真人實境秀另一種熱愛將人放到熱帶孤島上思考人生意義或愛情爭霸的派系截然不同。

Discovery 頻道《漁人的搏鬥》（*The Deadliest Catch*）記錄阿拉斯加捕蟹船的討海生活，無論收視與評價都是真人實境秀領域的翹楚，數以千萬人都曾透過它隔空領略過白令海峽的殘酷，此秀自二〇〇五年開播至今洋洋灑灑播出了二十一季，時間長到養一個孩子都大學要畢業了。

這樣「生猛」的題材受到肯定並不算太意外，在某種程度上，一八五一年出版的大部頭紀實小說《白鯨記》（*Moby-Dick* 或 *The Whale*）可說是二十一世紀真人實境秀的紙本先驅，此書至今仍被推崇為世界級文學經典，細讀便會發現當過捕鯨船員的作者梅爾維爾（Herman Melville）根本古時候的直播主，幾乎是以針孔攝影機的近距離運鏡手法，從漁人的內心戲、捕鯨流程乃至於鯨魚生理構造的五臟六腑都寫得鉅細靡遺，百科全書附身般推播各種鯨類冷知識，諸如英國女王加冕典禮中使用的「聖油」成分包括抹香鯨油。《白鯨記》筆法寫實，卻與先驅《魯賓遜漂流記》（*Robinson Crusoe*）與後輩《老人與海》（*The Old Man and the Sea*）這一類心戰冒險故事截然不同，迷人之處不在於劇情遭遇，主要是各種如臨產業現場的驚人細節，其所建構的「真實感」無疑也是《漁人的搏鬥》使人入戲的賣點。

《漁人的搏鬥》或《白鯨記》皆以粗獷的敘事風格呈現討海生活

的第一現場，競技對手包括了人類、自然、海獸與國家，需要一定程度的心理素質與信仰，巨浪與失落可都是毫不留情。《漁人的搏鬥》播映過程漫長，遠遠超過《白鯨記》的幾趟遠洋航行，觀眾看見的不只是個體當下的內心世界，或多或少也看到不可抗力的大環境箝制，比如溫室效應對漁業的影響，以及政府當局那隻「看不見的手」，如何在關鍵時刻決定了產業與獲利方向（諸如某季對特定蟹種發出的禁捕令或配額限制）。

所有的敘事都有它的死角與侷限，即便是以「紀實」為出發點的真人實境秀乃至於當代的新聞報導皆然。近期出版的《白令海峽的輓歌》（*Floating Coast*）相當難能可貴地提供了極地生物與原住民族的罕見視角，讀完此書再去看《漁人的搏鬥》或《白鯨記》，或許將有截然不同的感受。人類捕鯨史長達數千年，商業捕鯨卻是近幾百年才如火如荼，《白鯨記》故事發生於美國捕鯨船傾巢而出的十九世紀中期，也許亞哈（Ahab）船長是為了完成個人的復仇而遠航搜尋他的白鯨，但是現實生活中，捕鯨人冒險犯難多半是為了豐富的獲利，背後的市場需求來自於十九世紀照明需求大幅提高、鯨脂被當成機械齒輪潤滑劑，鯨鬚變成時尚束腹與廣泛日常用品的基礎原料，此時的商業捕鯨幾乎可以用橫徵暴斂來形容。

在石油燃料取代鯨油照明、彈簧鋼淘汰鯨鬚之後，全球的捕鯨產業並沒有隨即煙消雲散，《白令海峽的輓歌》指出一個重要因素：捕鯨產業不僅服務市場，更服務國家的意識形態。國家力量是這兩百年來獵鯨狂潮中的掌舵手，身為資本玩家的老大，美國看重的是捕鯨產業帶來的功利主義進步價值，包括財富、文明或政治的象徵地位。隔著白令海峽與阿拉斯加對望的老鄰居俄羅斯在十九世紀沒有趕上西方強權的捕鯨狂潮，諷刺地卻在社會主義革命之後懷抱著「我們不能輸」的競爭心理，年年提升預計達標的捕鯨數量，透過計畫性鯨魚大屠殺證明社會主義解放人民的能耐。

聽說弓頭鯨可以活兩百六十八年，相較起來，人的處境只是滄海一粟，所謂文明或許終究也是飛鴻雪泥——但在此之前，緩解文明帶來的浩劫，設想他者的處境是破冰的開始。

野物考現

書

- 《白令海峽的輓歌》，芭絲榭芭・德穆思（Bathsheba Demuth）
- 《白鯨記》，赫曼・梅爾維爾
- 《北海鯨夢》（*The North Water*），伊恩・麥奎爾（Ian McGuire）

影

- 《漁人的搏鬥》，Discovery 頻道

41 潮汐之間

因為看得太專注，大小形體全部失焦，
整個世界只剩鬼鬼祟祟的寄居蟹和迷你章魚怪。

我的父母相識於墾丁，也許是因為這個感性的事實，我的童年幾乎年年都會造訪墾丁，無論是在落山風可以把人像風箏一樣吹上天的冬日，或者是陽光沙灘碧海藍天的明朗夏季。

在學齡以前，這個世界留給我的回憶寥寥可數，但許多在墾丁發生的無用小事卻像藤壺般嵌在海馬迴的深處。記憶中某個鮮明的畫面包括：大人帶我去潮間帶第一次看海葵，海葵在水波中像風中搖曳的花朵柔軟地綻放，不曉得是誰觸碰了牠一下，牠便賭氣般消失在岩石狹縫之中。

我想，不只是我，台灣島民肯定有許多與潮間帶有關的回憶，如果沒有，大概也吃過蚵仔，那可是潮間帶的饋贈。東莒有句名言：「整個大海都是我們的冰箱。」此言不差，當地人最擅長的一種運動是算準潮差最大值，矯健地在沙地、礁岩與潮池之中採集螺貝等無脊椎動物的海鮮總匯。

> 「回想自己小時候，各位或許也都有過全神貫注趴在潮池邊的時刻吧？因為看得太專注，大小形體全部失焦，整個世界只剩鬼鬼祟祟的寄居蟹和迷你章魚怪。……我們——甚至是那些利用方程式探索宇宙的人——極有可能只是延續這份兒時驚奇罷了。」

美國作者約翰·史坦貝克（John Steinbeck）曾這麼說過，不過他也許忘了大多數的美國人都住在吃不到新鮮海鮮的不毛之地。史坦貝克從小在加州鄰近蒙特利灣（Monterey Bay）的薩利納斯谷（Salinas Valley）村鎮長大（作品也多半取景於加州），許多故事都以這個地景為原型。在他年輕的時候，加州仍是個靠著國內外勞工移民努力創造基礎建設的荒涼之地，大蕭條時期與加州特殊的人口組合，形塑了他作品的人文風景，以及他對於勞工處境的關懷。當代人也許很難想像，今日充斥著小資階級社區的蒙特利灣周邊地帶當年沼澤處處，經過了和荷蘭或高雄鹽埕類似的與海爭地造陸過程，才漸漸成熟成為當今已開發模樣，這些都在他的作品中能瞥見一二。動盪年代下的加州催生了史坦貝克作品中的自然與人文關懷；一九三〇年他結識了海洋生物學家立克茨（Ed Ricketts，以研究潮間帶無脊椎動物聞名），立克茨帶給他的友誼、學識影響他的世界觀至深。

如果說史坦貝克的作品具備了劃時代的吸引力，除了人文精神，這些時代切片式的故事背景也是另外一個主因；除此之外，史坦貝克的文風乾淨俐落，沒有過分藻飾，時代氛圍、人（尤其下位者）的處境、自然生態的借喻是他作品中最引人入勝的三大支點，早年的中篇小說《人鼠之間》（*Of Mice and Man*）與短篇小說集《長谷》（*The Long Valley*）[26]已經充分展示了這些長處。我對《長谷》內的〈強尼熊〉

（Johnny Bear）故事與《人鼠之間》的故事特別印象深刻，兩者有許多相似之處，移工處處的時空背景立體，故事裡皆有力大無窮卻純真如嬰的關鍵角色，對於人性與尊嚴的刻畫舉重若輕，他形容人像熊、像鹿，形容霧氣像蛇，文字與情節鋪展看似簡約，卻有一種沼澤般讓人讀之動彈不得的魅惑。

如同達爾文（Charles Darwin）的《小獵犬號航海記》（*The Voyage of the Beagle*）為我們展示了一名博物學家的思路與心路歷程，史坦貝克與立克茨結伴在加利福尼亞灣潮間帶採集生物標本的航海日誌《柯提茲的海》（*The Log from the Sea of Cortez*）[27]同樣是難得足以窺見作者內心世界的精采隨筆；書中闡述了史坦貝克的人道精神，也解釋了他力求文字簡明的想法，在他眼中，只有一本正經的半調子才會透過伎倆與文化符碼，將淺顯易懂的文字寫得晦澀高深。

達爾文為期五年環遊世界的航行旅程中，首次於維德角群島（Cape Verde Islands）靠岸時流連忘返潮間帶，豐富生態為他帶來了前

---

26 「長谷」為史坦貝克從小成長的薩利納斯谷代號，《長谷》收錄的故事多半發生於這一帶，薩利納斯谷早年為溼地，在移工開墾下排水成為農業重鎮。

27 「柯提茲海」為加利福尼亞灣的舊稱。本章第四段摘文取自本書。

所未有的新奇與興奮，採集了許多樣本，甚至抓了一隻寵物章魚，快樂得像個孩子。史坦貝克在《柯提茲的海》中特地提起自己多麼羨慕達爾文能夠從容地遊歷思考，並抱怨自己所處的年代步調太快——現在看來，文明的發展彷彿失速列車，生活的步調越來越快，一點剎車餘地也沒有。

當新冠病毒肆虐，世界各地國境封閉，疫情期間難得閃現了一些諸事被迫暫停的架空狀態。紙上神遊，讀著作家或科學家穿著膠靴在未知的海岸踏查，那樣打開生命、甚至可以撼動科學史觀的遠征，豈止讓人羨慕。

野物考現

書

- 《柯提茲的海》，約翰・史坦貝克
- 《史坦貝克短篇小說集：長谷×人鼠之間》，約翰・史坦貝克
- 《小獵犬號航海記》，達爾文

42

鰻線、巨鯨與人的黑潮漂流

黑潮帶來鰻苗，
也是大洋洄游性鯨豚經常出沒的路線……

某年冬日作客台東，深夜信步於海岸，正好遇到漲潮，忽而遇見海濤裡一行持三角網捕鰻苗的漁人，彷彿誤闖一場人海搏鬥的舞台劇。

在此之前，我已經在《討海魂》書中讀過內建「頂浪魂」的阿美族如何自製三角網在河口捕魚的傳統，現場目睹實況仍是備受震撼。這群漁人頂著超高浪花淘寶的身影簡直像在跳某種神祕發光、來自異次元的現代舞，我目瞪口呆注視了一個多鐘頭，覺得實在太雄壯威武了。

他們捕的是「鰻線」，細如銀針，每年東北季風吹起時，這些透明小魚隨著黑潮從台灣南方一路向上漂流幾千里，漲潮時，台灣東岸的漁人便會到海口浪濤中碰運氣，看能不能在浪花中淘到幾尾高價的白鰻，現場有中盤商抱著大水桶坐等收購，拿著手電筒和湯匙，一尾一尾清算，當時一尾白鰻八十元，不過每年價格隨著日本需求訂單而波動。

長途跋涉的白鰻是降海洄游魚類，成熟的鰻魚生活在淡水中，產卵時會降海回到遙遠的出生地，距離台灣三千公里外馬里亞納海溝西側的海域，千辛萬苦的人工育苗近幾年才成功，所以特別珍貴。鰻魚為什麼要在河流與海洋間辛苦地旅行呢？小說《座頭鯨赫連麼麼》裡，劉克襄試圖透過一名角色解釋：「那是因為每一種生物都有自己的生存策略，在低緯度地區，海洋的養分比河流貧乏，所以鰻魚在海裡出生，天敵也比較少，再到營養比較豐富的河裡長大。」

赫連麼麼是一頭試圖溯河冒險、不怎麼安於常規的鯨魚，故事靈感據說取材於真實的新聞報導。黑潮帶來鰻苗，也是大洋洄游性鯨豚經常出沒的路線，對赫連麼麼來說，黑潮的味道可以引領鯨魚回到很多冰山和磷蝦的地方。溯河的鯨魚、不辭千里旅行的鰻魚都是大自然界難解的神祕現象，那些科學所無法完全填補的空缺，由藝文創作者來填滿。

一般來說，台灣三月開始便開始禁止捕撈鰻苗，一直到下個冬季。不過，從四月開始，台灣東海岸的賞鯨季節便開始起跑了。

令我印象深刻的幾部台灣海上紀錄片中，其一是追蹤熱帶無風帶台灣遠洋漁業、意外地詩情畫意的《海上情書》，其二是《男人與他的海》，這兩部作品使人動容之處，不在於產業的科學描述，而在於人性的顯影。即使是不近海的人，肯定也會被那些出航與追尋所觸動吧？

《男人與他的海》追蹤了海洋作家廖鴻基的「黑潮一〇一漂流計畫」以及海下鯨豚攝影師金磊的追鯨之旅。每一年，金磊都會在八、九月的時候前往東加王國拍攝大量出沒的座頭鯨，這些鯨魚夏天在南極覓食，冬天比較寒冷時便北上至東加海域，產子並把幼鯨撫養長大，紀錄片捕捉到極其壯闊的鯨群嬉海畫面，那個時候我會想起，連赫壓壓也是在熱帶海域度過牠的童年。

黑潮、巨鯨、海島、寄生於棋盤腳海上漂流的小蟲，這些豐富意象已經足以撐起《男人與他的海》的梗概，身為海島之子，再也沒有其他更能象徵情感上的種種矛盾——諸如孤寂與熱情，封閉與突圍。

面山擁海的台灣因為害怕戶外活動容易「出事」，向來喜歡以禁止取代理解，所以到處都是禁止通行的號令，沉痾雖已被詬病多年，但解封進度依然遲緩，如同難以突破心防又保護過度的家長。廖鴻基近年來的各種海上漂流計畫，可以說是他對台灣「只有海鮮文化而無海洋文化」的無聲抗議與行動藝術。

《男人與他的海》這部紀錄片適合搭配廖鴻基的《黑潮漂流》服用，這本紀實書釋放了影像所無法呈現的細節與想像，我特別喜歡其中的詩意、坦白與輕巧的幽默（同時我也有點詫異，片中廖鴻基的裸身畫面竟然是導演唆使而為）。黑潮漂流過程中，廖鴻基大多將就棲身方筏上的保冷箱寫作，他讚嘆「天下哪來這樣的書房，服貼於海，濤聲漾漾，海風滿懷」，讓人想到鍾理和的散文〈我的書齋〉，其山居書房同樣是「既無屋頂又無牆壁，它就在空曠偉大的天地中」，寫意而痛快。

書末，廖鴻基以一個回到陸地後做的夢收尾，夢中快速流動的黑潮就像島嶼的「海上捷運」，而他一輩子都在渴望「有人在航行終點、漂流終點等我海上回來」，閱讀至此，特別覺得這段誠摯動人，彷彿是寫給島民的告白。

野物考現

影

- 《男人與他的海》，黃嘉俊
- 《海上情書》，郭珍弟、柯能源

書

- 《黑潮漂流》，廖鴻基
- 《座頭鯨赫連麼麼》，劉克襄
- 《討海魂：13種即將消失的捕魚技法，找尋人海共存之道》，行人文化實驗室
- 〈我的書齋〉，鍾理和

Part V

直到世界末日

不知道自己也許即將不存在於世間

43 鰻魚為王，沉沒之島

每晚湖面升起，淹沒小鎮，湖中鰻魚便慢慢游進小鎮的人家，過起人類的生活。

許久前順遊雲林與嘉義沿岸，是為了看一眼反覆出現在電影中的奇幻水鄉。

黃信堯的劇情片廣為人知，他的台語旁白漸漸變成了鮮明的識別標記，也許有人嫌他的碎念太囉嗦，卻鮮少人知道阿堯導演長年拍攝的紀錄片數量更多，而且多半沒有添加旁白或劇情，更像影像詩：情節零，情緒零，看起來就像在翻閱明信片集錦一樣，中場睡個覺起來完全可以無縫接軌的那種單調，比如《雲之國》、《帶水雲》、《北將七》、《印樣白冷川》，或《黑色虱目魚》。

嘉義東石水中屋景。

其中黃信堯的紀錄片《帶水雲》採集雲林口湖鄉風景，此地與陳玉勳的《熱帶魚》、《消失的情人節》拍攝地點嘉義東石相連，這一大片腹地百年前是瀉湖，之後拓荒成良田，近四十年因超抽地下水與海水倒灌，良田再度被上天收回，現今四處都是水淹民居、馬路與電線杆一截截沉入海中、海邊枯樹敗倒的超現實畫面。唯一不變的是這一帶仍是台灣人的牡蠣重鎮，在那片人類節節敗退的無人海岸線上，無垠的牡蠣殼鋪滿海灘與民居的門口，來不及被海帶走。《帶水雲》羅列各種口湖區萬物水上漂的奇景，也置入了當地「牽水狀」民俗，雖然敘事風格清淡，不做任何呼天搶地的環境批判，卻意境深刻。

此後，黃信堯延伸了《帶水雲》的題材，拍過一部名為《沈沒之島》[28]的紀錄長片，交叉對照口湖鄉與台灣邦交國吐瓦魯兩地的水患——因全球暖化海平面上升之故，據說蕞爾之國吐瓦魯五十年內就會被海吞噬，台灣口湖鄉的陸地同樣正一寸寸人間蒸發。讓人意外的是，《沈沒之島》面對絕望，依然沒有義憤填膺的咆哮，阿堯導演擅長揶揄的口白，搭配台灣「2℃低溫住宅」房地產廣告等畫面、吐瓦魯子民超乎尋常樂天的性情，以及種種看似比洪水來襲更迫切的鳥事，使得原本預期環保走向的主軸，突然成為廢到笑的黑色喜劇，它跳脫格式，提供了反拍思考與想像的維度。

近年來，台灣的繪本與漫畫創作在風格與題材更加多元與成熟，顯著特徵包括繪本不再訴求可愛與稚齡，以及處理台灣特色時更為自信，無論是筆觸或姿態都不再那麼用力、那麼滿。繪本《台北奇幻飛行》與《Somewhere 好地方》同樣是處理環保與全球暖化後海平面上升議題的作品，但是它沒有紀錄片直視寫實的束縛，更能大膽後設被海洋全面淹覆後的人類生活。

《Somewhere 好地方》故事線有兩條，分別展示死生契闊的狗與主人的視角，主述者卻是那隻狗。狗出現的時候，總是陽光而快樂；人類出現的時候，總是憂鬱而孤寂，人的家是汪洋中的一座小島，他的狗已離他遠去，當他必須融入高度工業化的都市文明時，必須戴著

28「沈沒」讀作「[illegible] [illegible]」，由「沉沒」兩字變形而來，透過文字遊戲讓觀眾換位思考。

防水頭盔潛入海中。此書的人狗情分讓我想到林小杯動人的繪本《再見的練習》，後者同樣帶入人與狗兒比比的雙視角，從一場颱風場景開始，鋪陳一段主人學習沒有狗依偎的日子，書末，主人形容比比精神仍與自己相伴：「他幫忙讓海面平靜，幫忙讓她的眼睛睜開。」《Somewhere 好地方》與《再見的練習》風格俱寂靜致簡，但波瀾不興的水面下卻屢屢讓人感受到情感上「夏雨雪，天地合」那般的震撼蒼茫，傷心過的人大概都能懂吧。

根據《Somewhere 好地方》作者于小鷺的說法，此書靈感來自劉鋆寫過的一則《鰻魚為王》故事，故事描述義大利布拉恰諾湖每晚湖面升起，淹沒小鎮，湖中鰻魚便慢慢游進小鎮的人家，過起人類的生活，一邊看電視、一邊吃點心。這則故事後來交由個人風格強烈的繪者陳沛珛插圖，變成一本極其迷人的繪本。原本讓人不知所措的荒誕魔幻情境，在于小鷺與陳沛珛的畫筆下都成了影像詩，離奇地散放出人性溫暖。從兩人過往的作品《一直一直躺著睡》、《暫時先這樣》、

《畫說寶春姊的雜貨店》（作者徐銘宏為于小鷺的本名）來看，我想那是因為他們與阿堯導演同樣都具備對於地方風土的關懷與慵懶的幽默感之故。

那些船抵達不了的，都可以是偉大的亞特蘭提斯。

野物考現

繪

- 《Somewhere 好地方》，于小鷺
- 《再見的練習》，林小杯
- 《鰻魚為王》，劉鋆（文）、陳沛珛（圖）

影

- 《沈沒之島》，黃信堯
- 《帶水雲》，黃信堯

44 養虎為患

美國境內的畜養老虎成千上萬，
數目遠遠高過全球野生老虎的總和。

也還沒有北極熊
漂洋過海來傳福音：「愛是恆久忍耐
在柵欄裡。」

——湖南蟲，〈動物園沒有〉，《一起移動》

也許是居家防疫的日子過得太過乾枯，Netflix的紀錄片《虎王》（*Tiger King*）收視率一飛沖天，首播頭十天美國境內觀賞人次突破三千四百多萬——在坐困愁城的悲哀中，看美式鄉土劇灑狗血的各種

《地下社會》以動物園、囚禁之人影射南斯拉夫社會處境，馬戲團般熱鬧瘋狂。（台灣紀念重映海報，前景娛樂提供）

困獸之鬥，大概具備某種以毒攻毒的療效。

繪本作家安東尼・布朗（Anthony Browne）喜歡援引動物的意象借喻人性，順道批判父權社會的霸道無理，在他筆下，爸爸和兒子一下子長出豬頭，一下子尖嘴猴腮[29]。他最廣為人知的作品之一《動物園的一天》（*Zoo*）講一家子去動物園看動物的故事，反思動物圈養的意義，刻意描繪有些人無異於禽獸，或者比禽獸還糟。有一幕敘述如下：

> 我們去看老虎。其中一隻老虎，從籠子的這一頭沿著鐵絲網走到那一頭，轉身再從那一頭走到這一頭。再走過去，再走回來，一直重複走來走去。
>
> 「好可憐。」媽媽說。
>
> 「如果牠追著你跑，你就不會說這種話了。」爸爸說，「看看牠那些惡毒的牙齒！」

真的是相當委婉地諷刺某些成人的欠揍。比起來，《虎王》就沒那麼委婉了，如果沒看過的話，只要想像它是《發條橘子》（*A Clockwork Orange*）版的《動物園》就可以了。《虎王》的諸多恐怖包含一項事實：美國境內的畜養老虎成千上萬，數目遠遠高過全球野生老虎的總和（不足四千隻），其中只有微乎其微的比例活在具備健全養育與保育條件的正規動物園裡；美國飼育條件可疑的「路邊動物園」至今仍像利用「明星動物」吸睛的馬戲團，負責滿足人類的獵奇心態。《虎王》焦點多半放在一些狂人身上，彷彿是想挖掘人心到底多晦氣，沒想到不挖則矣，一挖竟發現比馬里亞納海溝還深。

早期的台灣動物園其實也有路邊動物園那般虛榮的暗黑史，先前簡述台灣動物園發展史的《文明的野獸》足以為證。不過，書中也交代了動物園如何從一個展示權力宰制的空間，漸漸演化成保育運動的附屬機構，即使政治角力無可避免，並且仍在滿足某些人類的獵奇心

29 批評剝削女性家務勞動的《朱家故事》（*Piggybook*）中，父子都變成了豬；《動物園的一天》故事裡的父子則被影射為猿猴。

態，但現代動物園的本質，已經不再只是萬惡的「王公貴族珍奇異獸展示所」，其工作不只是圈養，同時也非常不得已地在收爛攤子（無論是自然還是人為），是難以一言以蔽之的緩衝地帶。

諷刺的是，早年美國以台灣政府保護野生動物不力（走私與非法貿易問題猖獗，包括虎骨的販售等），對台灣祭出「培利貿易制裁案」，催生了台灣一九八九年制訂的《野生動物保育法》，對台灣貿易與動保有決策性的影響。三十餘年過去，台灣動物園緩步但穩健地走上以保育為核心的道路，謹慎依從國際保育的路線。反觀美國，從《虎王》劇情來看，這些私人動物園毫不受到拘束，保育類動物的繁殖只能用胡作非為來形容，而這些未經審慎評估、大量近親繁殖、野放困難的圈養老虎，其數目竟然是全世界野生老虎總和的數倍。人類的慾念難以管束，但如今這個世界上又有那個政權有同樣的權勢或心思，以美國動保執行不力的理由，對美國祭出能遏止亂象的制裁？

隱喻太多太複雜的南斯拉夫經典電影《地下社會》（*Underground*）

開場置入了動物園遭到空襲的橋段，在動物園的斷壁殘垣之中，一隻負傷跛足倒地的老虎遭到一隻天鵝的挑釁，憤而撲掌，畫面總結了各種意義上的弱肉強食，倒是簡單易懂。如同所有「以愛之名」受圈養的老虎，《虎王》劇中畸零人的悲劇性，同樣是被剝奪了生存的天性與環境，真正回不去了。

二〇〇一年 MTV 音樂錄影帶大獎典禮中，小甜甜布蘭妮上場表演〈愛情奴隸〉（I'm a Slave 4 U）這首歌，炫麗的開場是與一隻活生生的老虎在巨籠裡跳舞，沒想到身旁的馴獸師未來將出現在《虎王》之中，奴役一群女人。彷彿像是呼應了歌名，在歌手故作性感的呢喃中，沒有人關心老虎的歸處。

我想到，我曾碰過一位抽中美國綠卡「樂透」的伊朗人，我問他當時來美國領綠卡，打算去哪裡玩，他說他的首要名單就是紐約布朗克斯動物園（Bronx Zoo）。我問為什麼，他回答因為伊朗的動物園裡面動物很少，猛獸只有獅子沒有老虎，而且這隻獅子還是一隻有憂鬱症的獅子，因為園區沒有錢餵食正常食量的肉，所以精瘦，而且厭世」。這個動物園裡面也沒有犀牛，所以他很想看活生生的犀牛。

他說，因為這樣，他只要到另一個國家，最想造訪的地方就是動物園。我聽了百感交集。

我自己每次離開自己的國家，從來不曾想造訪別人的動物園，大抵是覺得「牛牽到北京還是牛」（請原諒我誤用一下這個說法），在木柵動物園看到的斑馬，在美國並不會長得不一樣，而因為牠並不會「長得不一樣」，就提不起興致千里迢迢去看。

啊，因為父親工作的原因，從小在動物園廝混的我倒是從來沒有想過，一個人出國這麼想看動物園，是這樣子的緣故，不由地感到慚愧。特權者不能想像弱勢者的貧瘠，大概就是這種感覺了。

野物考現

書

・《一起移動》，湖南蟲

・《文明的野獸》，鄭麗榕

影

・《虎王》，Netflix 發行

・《地下社會》，艾米爾・庫斯杜力卡（Emir Kusturica）

繪

・《動物園的一天》，安東尼・布朗

45 最後來的是烏鴉

隱居在晦暗的拾荒角落，
也經常站上人類所不能及的制高點。

不知道為什麼，小時候的我非常迷戀閱讀野外探險叢林派的書籍，或許潛意識中已做好了隨時野放荒島的準備。我不確定荒島上會不會有浣熊，但《紅色羊齒草的故鄉》（*Where the Red Fern Grows*）這本描述少年與獵犬合作追捕森林浣熊的青少年小說故事讓我愛不釋手。長大後，書中感性的橋段我記得的不多，卻對聰明浣熊的一項致命弱點印象深刻——牠們喜歡蒐集亮晶晶的東西，一旦拿到了便死不放手。獵人因此刻意在布置倒刺的樹洞裡置入閃亮物件，無法抗拒誘惑的浣熊其實只要放手就能逃脫陷阱，但牠們卻囿於執念，為了手中的寶物而斷送性命。

傳說中，與浣熊同樣對亮晶晶的東西執迷不悟的動物，最知名的包括烏鴉。嗓音像吞炭烏鴉（沒有貶意）的美國歌手湯姆．威茲（Tom Waits）特別喜歡烏鴉意象，經常把烏鴉寫進歌詞，有一首歌甚至就叫〈閃亮之物〉（Shiny Things），大唱烏鴉放進巢裡的都是最閃亮的東西。

幾年前在日本熱銷的《都市裡的動物行為學：烏鴉的教科書》在台灣發行時，特意讓封面插圖中的烏鴉捧著亮閃閃燙銀的書，但仔細讀了這本趣味橫生的鳥類行為報導書之後，就會發現關於烏鴉也愛bling bling 的傳言可能只是誤會。雖然烏鴉與浣熊同樣是許多文明城鎮中翻食垃圾的箇中高手，烏鴉似乎沒有浣熊的特殊怪癖（日本逛園藝相關大賣場能找到故意設計成發亮物的防鴉產品，不幸嚇阻功效有限），東京都主導的防鴉策略中，顯然也不包括以發亮之物誘捕烏鴉。此外，在烏鴉學家的觀察中，都市裡的烏鴉雖然築巢的原料無奇不有（包括假睫毛或鐵絲衣架），但並不特別鍾情於閃亮之物，或者說，牠們是一種適應力極其強大的生物，萬物皆可拾、萬物皆可拋，更關心如何在都市的狹縫中生存下去。

烏鴉的叫聲在日本都會區是一種日常，也大幅度適應了人類生活，因此在日本文學中經常現身並不讓人意外。正因為烏鴉對日本人來說有如此鮮明的形象，松本大洋的漫畫《惡童當街》（以及二〇〇六年精彩的改編動畫電影）之中，烏鴉鬼魅般的身影為這部經典成功帶來了無與倫比的戲劇張力。《惡童當街》以兩名具有飛簷走壁能力的流浪孤兒小白與小黑為主角，描述老城區寶町被黑暗勢力吞噬，漸漸冷酷無情、一切以利益為導向的過程，以及人性於善惡之間的掙扎。烏鴉是不被體制收編的「惡童」之精神象徵，卻是這座城市不能不面對的強大現實——身為都市裡的慣竊、邊緣人，隱居在晦暗的拾荒角落，遊走於邊界，視道德於無物，也經常站上人類所不能及的制高點。

《惡童當街》雖然場景設定於都市，卻援引了豐富的動物意象，包括烏鴉、貓、鼠、蛇、魚、黃鼠狼等，廢墟與新市鎮、文明與野性、背叛與純愛，並非對立的兩極，而是互為掩映的光與暗，為這部作品創造了深沉的想像空間。

卡爾維諾早期的《最後來的是烏鴉》（*Ultimo viene il corvo*）的動物意象之豐富與《惡童當街》並駕齊驅，這本短篇小說集收錄了一九四五到一九四九年之間在報刊上發表的短篇小說，多半是不賣弄劇情亦無強大道德勸說意圖的寫實小品，比如〈最後來的是烏鴉〉，描述戰時一名德國士兵與一名槍法奇準的義大利少年相遇，對峙過程中，德國兵漸漸著迷於對方槍法，最後來了隻烏鴉，他見敵人遲遲不打落這隻活箭靶，忍不住起身「提醒」，於是就像不知道放下執念的浣熊一樣，送了小命。

自然生態與人類戰爭雖然看似隸屬不同維度，《最後來的是烏鴉》卻將它們毫不作態地交融在一起——自然界的殘酷遊戲與文明社會中的鬥爭多有呼應，然而卡爾維諾寫得如此輕巧，相較於卡爾維諾後期敘事實驗風格的名作《看不見的城市》或《如果在冬夜，一個旅人》（*Se una notte d'inverno un viaggiatore*），我更著迷於《最後來的是烏鴉》文字意象的韻味，以及卡爾維諾在戰火煙硝之中，仍保持清明的眼睛。

野物考現

書

- 《紅色羊齒草的故鄉》，威爾森·羅斯（Wilson Rawls）
- 《最後來的是烏鴉》，伊塔羅·卡爾維諾
- 《都市裡的動物行為學：烏鴉的教科書》，松原始

音

- 《閃亮之物》／《孤兒》（*Orphans*），湯姆·威茲

漫

- 《惡童當街》，松本大洋

影

- 《惡童當街》，麥克·阿里亞斯（Michael Arias）導演、STUDIO4°C製作

46

蜂狂末日

To bee or not to bee，
也許不是個問題，而是個解方。

對一種愛來說，如果是言語就可以表達的事，都是小事。
對繞行的蜜蜂來說，如果是不能儲存在蜂房的，都是小事。

——林婉瑜，〈小事〉，《愛的 24 則運算》

家庭廚房必有些常備之物，用慣了手的鍋碗瓢盆與辛香油醋等，掌廚者非得擁有這些配件材料方能安心，感覺不那麼左支右絀。我家廚房裡不可或缺的品項之一是蜂蜜，雖非日用品，卻是生活飲食的重要佐料，少了它總覺得廚房裡的味覺光譜缺了一角。

掌廚者的偏執狂不僅於此，近期我偏好帶有一點果酸味的蜂蜜，而不是坊間最常見的濃郁龍眼蜜。咸豐草蜜或採自樹杞、酸藤、紅淡比的「林下蜜」都出乎意料地滋味清爽，蜜源植物的種類直接影響了蜂蜜所呈現的風味。

如果說蜂蜜反映了地方風土，蜜蜂族群的健康則誠實反映了現代環境。在傳媒的有效宣傳之下，蜜蜂集體消亡的國際新聞時有耳聞，民眾近期開始意識到蜜蜂的處境直接影響到人類未來的生存條件，人類食物超過三分之一仰賴蜜蜂授粉，少了蜜蜂及其他授粉昆蟲，意味著大自然界的生態循環將崩解，荒涼地景將成為世界末日的前奏。

紀錄片《蜜蜂工廠》（*More Than Honey*）正是這樣的一則末日寓言，紀實影像中的今日種種竟已閃現後現代科幻小說的憂傷，比如沒有蜜蜂光顧的大型果園內，中國果農親自扮演工蜂下場拿著授粉棒在花叢間穿梭，如此原始的機械化勞動，幾乎像大自然為了報復而開的拙劣玩笑。

蜜蜂與人類脣齒相依的關係，在二〇二〇年台灣出版、畫風清麗的全彩漫畫《蜉蝣之島》中出現更大膽的預設。故事中，未來人類來到資本經濟瓦解的新世代，氣候變遷導致海平面上升，受到嚴重汙染的殘存大都會成為獨立的島嶼城邦，糧食產地設置溫室，然而每年卻必須冒險從「蜂城」進口蜜蜂授粉，授粉成果對城市運作、人類存續有決定性的影響。

數年前，極端氣候導致台灣龍眼不開花，菜市場買不到龍眼，蜂蜜隨之歉收的窘狀，也就是在這種「似乎有什麼不對勁」的氣氛中，末日感雷聲隆隆。為了緩解氣候異常、蜜源植物過度單一、平地慣行農法對傳統蜂業帶來的衝擊，我注意到政府開始推動蜂蜜產源的多樣化，在蜜源植物更多元的森林設置蜂箱採收「林下蜜」，既不影響既有生態，亦不受經濟作物龍眼樹花期的侷限。

此時此刻，田園城市無論如何聽起來都像是亡羊補牢的幻夢，然而重新拾回對生態多樣性的重視，大概是人類面臨末日恐慌的此時盡可能釋出的善意與自贖。二〇一五年成軍的城市方舟工作室近年來致力推廣「獨居蜂旅館」（蜂類其實八、九成是獨行俠，而非我們刻板印象中的社會性蜂類），希望藉由提供城市裡的授粉蜂更好的育兒環境，健全城市綠地生態。To bee or not to bee，也許不是個問題，而是個解方。

林婉瑜有首詩名為〈可能的花蜜〉：「你帶雲林的日光和柚子花香來找我／說我是都市裡可憐的工蜂／為著一點點可能的花蜜／貢獻太多勞力」，其情可憫。因為勞碌、孤獨或身不由己的感慨，獨居蜂也好，簇擁女王蜂的社會性蜂類也罷，從古希臘的《伊索寓言》到二〇一九年的紀錄片《大地蜜語》（*Honeyland*），自古以來人類不斷在蜜蜂的生存困境中看見自己的倒影，透過廣泛的文學藝術自我類比，幾乎感同身受，這是廣泛昆蟲都無法獲得的待遇。

野物考現

書

- 〈小事〉／《愛的24則運算》，林婉瑜
- 〈可能的花蜜〉／《可能的花蜜》》，林婉瑜

漫

- 《蜉蝣之島》，葉長青（繪圖）、李尚喬（腳本）

影

- 《蜜蜂工廠》，馬庫斯・伊姆霍夫（Markus Imhoof）
- 《大地蜜語》，塔瑪拉・科泰夫斯卡（Tamara Kotevska）、路博米・史戴凡諾夫（Ljubomir Stefanov）

47

螢火蟲與飛天蜘蛛

發光尋偶，相遇交配之後，彷彿盡了生命的任務，螢火蟲很快迎向死亡。

七月底的夏季，與病魔搏鬥許久的家中長輩過世了。生命熄滅的午後，台北雲層聚攏漸厚，不多久便降下雨幕。

在那個憂傷的下午逼近前的某一日，疲倦的我搭車時聽音樂串流，隨機撥放的曲目中閃現一句：「我們的愛在螢火蟲的夏天」（告五人的〈愛在夏天〉），歌詞突然擒住我的注意力，把我的思緒推得老遠——夏天的螢火蟲是什麼品種呢？大概是深山裡的吧？我動念一想，連曲子後頭到底唱了什麼也沒注意。

肉眼所見的螢火蟲群聚夜景與攝影是兩回事，我從來沒看過能夠反映現實的螢火蟲舞飛的攝影。印象中，在台灣看到大量螢火蟲的幾次經驗都是春末，一閃一閃發光的螢火蟲在淺山林間構成夢幻的景致，於黃昏時湧現，再晚一點便疏落散去，彷彿煙火的盡頭。我也記得在東勢林場夜遊時初識的一種冬螢，牠們的特色是持續性發光，飛行軌跡看起來像有人在幕後握著一支極細的螢光筆，悠悠緩緩在黑夜中懸腕題字。

事後想起來，幾乎所有運用螢火蟲作為重要意象的故事皆與死亡有關。如果看過暗夜螢火蟲飛行的樣子，大概也不難理解，即便看到的是盛大群聚的漫遊螢火蟲，那畫面總是清冷寂靜，瀰漫著脆弱、孤寂的感觸。發光尋偶，相遇交配之後，彷彿盡了生命的任務，螢火蟲很快迎向死亡。

讓村上春樹聲名大噪的《挪威的森林》是他早期短篇小說〈螢火蟲〉（一九八三）的延伸長篇，《挪威的森林》第三章相當完整地保留了〈螢火蟲〉短篇結尾的敘述：夜幕初升，主角把裝有螢火蟲的容器帶上天台，讓牠自行飛離，「螢火蟲飛走之後，那光線的軌跡在我的心中長期留存。閉上眼睛，厚密的黑暗之中，微微的光芒宛如無處可去的遊魂，徘徊不已。黑暗中，我幾度嘗試伸出手指，卻什麼也接觸不到。一絲微弱的光芒，永遠停在指尖的稍前端。」永遠無法觸及的光，以及小說中女主角的名字「綠」，都是在向村上私心最愛的小說《大亨小傳》致敬的細節，這份似有若無的企盼與失落，成為村上系列故事的基調。

與村上同期出道的宮本輝於一九七七年以處女座短篇小說〈泥河〉獲太宰治獎，隔年以螢火蟲絕景鋪陳出主旋律的〈螢川〉拿下芥川獎。宮本與村上可以說在非常鄰近的時間點，藉由夜中螢火的想像，臨摹愛情與死亡的無常，展現了截然不同的敘事美學，並預告了接下來半個世紀截然不同、各自精采的創作風格。

從〈泥河〉與〈螢川〉開始，宮本輝已經展露了他對人文與生態的關懷，運用生物與自然現象來刻畫人性是他擅長的題目，比如〈泥河〉中的錦鯉、〈螢川〉中的螢火蟲，以及《約定之冬》裡迎著溫暖氣流騰空的飛行蜘蛛等等。死亡在宮本輝的小說裡是常態，然而他描述死亡，往往如同描述一陣風或一道浪，平靜而無渲染，從不利用死亡為強化戲劇性的手段。小時候我讀E．B．懷特（E. B. White）知名的兒童小說《夏綠蒂的網》（*Charlotte's Web*），故事尾聲是那隻名為夏綠蒂的母蜘蛛產卵後離世，幾百隻小蜘蛛在春天孵化後屁股吐絲，乘著溫暖的上升氣流飄往未知的四方，我一直以為那是虛構的故事，一直到我讀了《約定之冬》，我才知道那是真實的奇蹟。在宮本輝的故事裡面，死亡從來不是終結，人們會繼續前行，即使苦痛掙扎，找到屬於自己的上升氣流盪向未知的遠方，是生命不斷交付的任務。

在台灣有限的宮本輝譯本中，《約定之冬》是我非常鍾愛的故事，不是因為這本書裡有台灣的場景，而是……儘管宮本輝擁有那樣善感纖細、波瀾不興的筆觸，然而閱讀過程中，飄飄忽忽，努力不懈地在生命軌跡中懸空飛行的我，卻彷彿從看不見的深處感覺獲得了支持。

野物考現

書

- 《泥河・螢川》，宮本輝
- 《約定之冬》，宮本輝
- 《夏綠蒂的網》，E・B・懷特
- 《螢火蟲》，村上春樹
- 《挪威的森林》，村上春樹

音

- 〈愛在夏天〉／《愛在夏天》，告五人

48 蟻夢

核爆翌日，地底深處的螞蟻
和蚯蚓爬出人間煉獄般的焦土。

有時，我也會夢見自己成了人類，在數字裡跋涉一生
穿越無數的0，或穿越無數的同類
向更深更深的慾望森林探險……

——辛金順，〈蟻夢〉

二十歲之前，大概有兩年的時光，我把許多大好的週末時光都獻給了一間畫室，畫室有個宏偉的名字，叫做「國家」，原本開在「女書店」的樓上，後來搬到附近的加蓋頂樓，再後來畫室收掉了，負責

經營的老師重回教育體制核心，聽說成了美術班導師。

相對於許多年少時投身其中（卻百般不願意）的課室，那間早已不復存在的國家畫室在我記憶中出乎意料地留下了許多細膩的印象，諸如氣味、情緒、旁聽的激昂對話，甚至某個時刻投入窗口的光。畫室經常循環播放某些音樂，包括陶喆藍色封面那張專輯，以及〈廣島之戀〉那張。

法國新浪潮電影《廣島之戀》（*Hiroshima mon amour*）確實是二十四小時的愛情，在張洪量亂流般的聲線與莫文蔚霧嗓的詮釋下，〈廣島之戀〉是稱職而精簡的傷心情歌，然而我一直到非常晚才知道電影版的傷心更殘酷——導演雷奈（Alain Resnais）將戰爭悲劇投射到愛情之上，大量使用廣島核爆相關的恐怖影像，經典片頭刻意讓交纏的情人身上覆滿了「黑雨」般的輻射塵，並直接剪入當年的影像紀錄與報導，包括核爆翌日地底深處的螞蟻和蚯蚓爬出人間煉獄般的焦土，頑強的生命力終能在灰燼中找到出路。

影史上大篇幅引用核爆歷史的故事屈指可數，《廣島之戀》是其一，黑澤明晚年的作品《八月狂想曲》是其二。相對於黑澤明的《蜘蛛巢城》、《亂》這一類氣勢磅礡的戰爭與決鬥電影，《八月狂想曲》雖然也談戰爭（聚焦長崎核爆，透過倖存家族的對話達成和解），節奏卻悠緩得像小津安二郎附身，也許反映的是導演心境的蛻變。同樣談的是日本的核爆創傷，螞蟻也參演了此片，黑澤明讓一列螞蟻爬上玫瑰採蜜的長鏡頭，背景襯上〈野玫瑰〉這首經典詩歌，成為全片最具代表性的隱喻之一。

當螞蟻被視為一種象徵安插在故事裡的時候，蟻族的故事多半與戰爭或者勞動有關，指涉的對象都是人類，更廣泛地講，都是文明社會的縮影。比如《南柯太守傳》之夢，或者生物學家愛德華．威爾森（Edward O. Wilson）晚年所著的知名小說《蟻丘之歌》（*Anthill*），前者借喻生命的短暫、人之於天地命運之渺小，後者則透過蟻族的鬥爭來影射人類社會的慘烈爭戰，並檢視天地萬物在生態鏈中扮演的角色。人蟻能夠克服時局嗎？他們的答案幾乎都不甚明朗。

《廣島之戀》與《八月狂想曲》自然也有那麼一點窮通榮敗成事在天的意味，但是兩者的象徵手法更隱晦，不再只是社會科學性的人／蟻平行類比，拋棄了弱肉強食的宿命論，保留了更多詩意的解讀空間。

多年前，網路上有人惡搞兩岸三地的電影譯名，網友戲稱美國的動畫電影《Antz》（台灣譯為《小蟻雄兵》）中國片名其實是《無產階級貧下中農螞蟻革命史》。如果真的是這樣的話，拜託請張楚來唱主題曲。張楚是九〇年代魔岩三傑之一，他那張留名青史的搖滾專輯《孤獨的人是可恥的》收錄的〈螞蟻螞蟻〉歌超級合適。

《孤獨的人是可恥的》整張專輯的詞曲簡直光芒萬丈，我經常反覆聽它，折服於它的天才，它的洞悉世事。這專輯中有一首歌名為〈愛情〉，我經常覺得，它才是電影《廣島之戀》真正不出世的中文主題曲。

野物考現

書

・《蟻夢》／《注音》，辛金順
・《蟻丘之歌》，愛德華・威爾森

音

・《廣島之戀》／《做自己 to be》，莫文蔚、張洪量
・《孤獨的人是可恥的》，張楚

影

・《廣島之戀》，亞倫・雷奈
・《八月狂想曲》，黑澤明
・《小蟻雄兵》，夢工廠製作

49 影之島

一群已經絕種的動物困守在一座蒐集絕種魂魄的小島，牠們並不知道自己已經不存在於世間。

該如何妥善向一名稚齡的孩子解釋死亡或滅絕的概念呢？有時候我會遇到這樣的困擾，就像試圖向一名還不會數數的孩子解釋「零」的概念、向一名還沒有時間概念的孩子解釋過去與未來。

消逝的概念畢竟跟「喜歡的玩具不見了」的概念難以類比，要如何讓失去的事實產生意義，又是另外一個難題。像恐龍這麼巨大的動物，為什麼突然全數消失，變成今日博物館裡乾燥的化石，卻又頻繁地出現在童書上？我經常讀到孩子眼中的疑問。「以後你長大了就會明白了」，我必須捏自己的大腿以避免講出這種不負責任又不科學的

插畫家約翰・譚尼爾（John Tenniel）
為《愛麗絲夢遊仙境》繪製的渡渡鳥與賽跑者插圖，1865 年。

說詞。

自古以來，在童書的領域，死亡並不是罕見的命題，或許是死亡比我們想像中更頻繁顯現於生活之中。相對而言，動物或人類的滅絕就不是那麼通俗的主題，一方面可能是因為絕種是集體性的悲劇，另一方面，物種滅絕的普世意識在歷史上是相對晚近的事。

除了恐龍之外，最知名的指標性滅絕動物大概就是渡渡鳥，恐龍的滅絕遙遠到讓人感到事不關己，但是渡渡鳥的滅絕非比尋常，因為人類透過文獻與故事，首度認識到不知節制的人類文明可能難辭其咎。渡渡鳥推測於十七世紀末絕跡，但是人類開始普遍認識牠，卻要等到十九世紀下半葉路易斯・卡羅（Lewis Carroll）將渡渡鳥寫進《愛麗絲夢遊仙境》（*Alice's Adventures in Wonderland*）之後才開始。在這部舉世聞名的故事中，渡渡鳥被描寫成一位拿著拐杖、仕紳形象的好好先生，牠舉辦過一場「人人都是贏家」的賽跑，形象鮮明不下於那隻趕路的兔子、裂嘴貓與抽水煙的毛蟲，但即使是這樣鮮活的角色，渡渡鳥充其量只是一個奇幻世界裡的神祕配角，故事並沒有點出牠真實存在過。

因此，即便物種滅絕的相關文獻很早就存在，但真正試圖討論物種滅絕與生態危機的「故事」，嚴格說是在大家對生物多樣性與物種滅絕有更廣泛的認知之後才漸漸浮現。以虛構情節揭示人類文明引爆的生態危機成為新世紀的熱門題材，其憂患意識與悲劇色彩也成為諸多科幻與諷刺小說的背景主題，討論文明汙染的美國戲謔名著《白噪音》（*White Noise*），或台灣近期出版以島嶼奇鳥發想的生態科幻小說《發光白鳥的洞穴》都是這類的例子。

在童書作品之中，要交代同樣的生態危機備感艱難，因為它的篇幅不允許複雜的鋪陳（而且小孩耐性很短），我因此特別注意那些試圖解釋物種滅絕概念的繪本，我想，願意創作出一本試圖向孩子解釋滅絕概念的故事，背後應該有非比尋常的理念與意志。這其中，我特別喜歡英國作家約翰·伯寧罕（John Burningham）創作的《喂！下車》

（*Oi! Get Off Our Train*）繪本，簡單溫暖而又主題鮮明，講的是一名小男孩晚上做了駕駛火車前往遠方的夢，在天亮起床上學之前，一隻隻就要從地球上消失的動物們依序求情，請小男孩讓自己上車，上車的動物與孩子一同享受每一站的嬉戲時光，最後陪孩子回家。

《喂！下車》的筆觸充滿塗鴉的詩意，幾年前台灣出版的繪本《影之島》（*L'isola delle ombre*）同樣講動物滅絕的故事，風格卻截然不同，繪圖與隱喻精緻深沉，故事敘述一群已經絕種的動物困守在一座蒐集絕種魂魄的小島，頻頻作惡夢，主要是牠們並不知道自己已經不存在於世間，驚心程度讓我覺得更像寫給大人看的繪本。

英文有一句俚語是「as dead as a Dodo」，意思是「和渡渡鳥一樣死絕」，經常用來形容一種毫無挽救餘地的沒救狀態。不知不覺中，許多動物身處絕處而又難以逢生，喪鐘為誰而鳴？或許不是為牠們而已。

野物考現

繪

- 《喂！下車》，約翰・伯明罕（John Burningham）
- 《影之島》，大衛・卡利（Davide Cali）

書

- 《白噪音》，唐・德里羅（Don Delillo）
- 《發光白鳥的洞穴》，姚若潔

藝

- 〈死之島〉，阿諾德・勃克林

後記——與動物相遇的時刻

認識我的人大約都知道動物園是我的兒時後花園，因為父親職業的緣故，不誇張地說我童年的週末多半在動物園閒晃。逛動物園有個標準流程，我們家向來不是從大門口開始逛起，一入園便長驅直入先搭車直達最高處的鳥園，逛完鳥園再悠悠哉哉順著緩坡往下逛（在此也推薦諸君要這樣順流而下地逛，才不會過度操勞小腿肌）。

書寫完成後，有人問我兒時廝混動物園的成長經歷對我寫這個主題有什麼影響，當下一時想不出什麼直接了當的關聯性。仔細思索後，這才漸漸意識到這樣的成長背景帶來的影響也許遠遠超出我的想像，身處其中的人經常特別盲目。

如果您已讀完本書，相信已經從不同篇章讀到相關經歷的蛛絲馬跡——童年我在美濃過著只有吃飯時間會被叫進室內進食的野放生活，在田裡生火、溪裡玩水、樹上攀爬，成功被不認識的狗咬過四次，家裡的大黃貓習慣抓些蛇啊、青蛙或者麻雀等獵物進貢放在客廳中央。在本質上，我很早便被訓練得不拒斥泥漿與生物，求學時期碰到不少只是一隻小蟲子飛過眼前便失聲尖叫的人，我只是覺得有點古怪，但我是在成年之後才真正意識到我們家沒有任何人怕蟑螂並不是一件尋常的事。

我爹是一位可以彈橡皮筋射死蒼蠅與蚊子的神射手，而且可以唯妙唯肖模仿長臂猿的啼聲，嘹亮地啼到猴島上的長臂猿們會停下手邊動作觀察這位人類到底有何貴幹。不過，他很少像電視上那些熱愛動物的專家那樣隨時隨地親暱地抱著各種生物磨蹭，倒是常常跟我們說，管理人比管動物還難，此外並不常敘述工作的事，除了一些特別詭異的意外——通常詭異的部分都是事件裡出現的人，而不是動物，好比說，有一年某位遊客勇猛地跳進獅子獸欄內，手裡拿著《聖經》向獅群傳教。

由於父親參與了不少動物科普書的審訂或推薦，成長過程中，吾家藏有海量的大樹文化出版品，文學與圖鑑兼有之，本書其中一篇提及的《鳥、野獸與親戚》是我青春時期的愛書之一，即便是段考前夕，我也經常抱著英國動物園經營者兼博物學家杜瑞爾的「希臘三部曲」童年紀事啃讀，笑到流出眼淚，那是苦悶升學壓力下排遣憂鬱的絕佳出口——假使有人說在我的書寫風格裡看到一點杜瑞爾的影子，我也不會意外，我曾經如此鍾情於他描述這個世界的方式。出於同樣的原因，吾家藏有海量的漢聲出版書籍，包括旗下的青少年拇指文庫系列，本書提及的小說《紅色羊齒草的故鄉》以及蘿拉．英格斯．懷德寫的拓荒故事皆收錄其中。在此要特別向當年這兩間特別有抱負的出版社致敬，他們精心推廣的作品曾經深深觸動並滋潤了一名孩子的心。

多年前，台灣阿河遇難記在寒冬裡帶來意想不到的新聞效應，大夥兒都順風在網路上學到二三事，比如為什麼河馬會哭，阿河命運為何如此乖舛。由於我爹在動物園服務，阿河亡故後兩天，依然有人會打電話來詢問他關於河馬的問題；台灣大概從來沒有這麼多人集體關心過河馬，或者關於動物展演管理疏失的沉痾。我爹說，大象、河馬之類的大型老動物只要站不起來，注定離死期不遠了，救也救不了。過重的肉體只要內部出現一個傷，自己就能逐漸把自己壓垮。就像在手術台上看過無數過眼雲煙瀕死者的醫師，我爹講這事的口吻，就和討論一支遺失的指甲剪一樣。

何曼莊在散文集《大動物園》裡寫過，「我經常走在往動物園的路上，這讓自我辯證成為一種常態，到了最後我經常還是沒有答案，但我相信這個世界的正解不只一個，而找到正解也許不是最重要的事情，重要的是維持清醒，捍衛思考不被激昂的感情左右，不被那廉價的同情與自傷牽絆……」。身為動物園園長的女兒，我明白那樣難以言說的心情。

即使有一位無論看到什麼陌生長相的動物都能喊出名字的父親，即使如此勤勞地逛動物園，我必須遺憾地說，至今我依然是動物界的門外漢，即使我已比一般幼童知道（或者看過）更多接近國家地理頻道的動物求偶或進食過程。木柵動物園的鳥園是一座巨型鳥籠，紅鸛足以成群繞行飛翔，人類遊走其中立即成為人造生態裡流動的一部分。像我這樣的門外漢，即使能夠在不眼殘的狀況下辨認出一些常見易辨的鳥類（比如綠簑鴿、綠頭鴨），但也會指著看起來一公一母很鮮豔的水禽說「鴛鴦！」，旋即被糾正說那不是，但我從此也沒記得那鳥正確的名號。

幾年前讀了一本題材特殊的散文集《飛羽集》，作者伊絲塔是名熟習鳥性的鳥癡，閱畢才知道木柵動物園鳥園裡有世界上數量稀缺的鳳凰（俗名青鸞），也才更豐富地理解聶隱娘與青鸞的隱喻。知道了之後，後來去園區內熱帶雨林館，才「看見了」兩隻大地色的青鸞就在腳邊悠哉走動，對牠們產生了不同層次的理解；又因為當時與老爹同行，才「看見了」在高處不顯眼的栗喉蜂虎（非「虎」也，是一種專門吃蜜蜂很小的鳥，據說非常難以人工復育）。平時這些不夠美不夠大的鳥於我盡是過往雲煙。

我經常認為藝文創作其中一項閒散的功能，在於讓人順著生活的紋路「看見」一些平常不以為意的東西，於理所當然的安適表象上撢灰。人類的想像力往往比自己以為的更貧瘠；窗明几淨的時候少，蒙灰的時候多。有的時候我們看不見，也許不是因為自我中心、心懷偏見或什麼歪瓜裂棗的根本性悲劇，實在是因為沒有那個契機（比如我老爹指著蜂虎的那根手指），沒有人親切地敲門（比如讀一本像《飛羽集》那樣一本書，或者讀一本閣下您正翻閱的《一隻特立獨行的豬》這本書）。生活得越平板，看見未知處的機會就會被壓縮得越厲害，而適時的一根雞毛撢、一根手指、一本書或一位有趣的朋友，就是讓生活立體化的支架。

※　※　※

這本書彙整了《鄉間小路》雜誌上連載多時的「文明野味」專欄，增修舊文並添入新章。寫專欄的任務於二〇〇〇年展開，能有這樣的寫字空間，必須特別感謝當年邀稿的編輯廖詠恩——尤其當時我才出版了一本散文書《風滾草》，在網路平台寫過一點影評，不知道她哪兒獲得的勇氣。

最初編輯部交派給我的任務是撰寫藝文情報，需求明確：文學、電影、音樂不拘，希望調性「輕鬆」；換言之，我必須一派正經地引經據典，同時致力於將掉書袋這份粗活做得比較得人緣。藝文情報何其多，我為了縮小苦惱範圍，籠統抓了一個以動物生態為主軸的書寫方向，姑且將專欄命名為「文明野味」。為求聚焦，注定是要掛一漏萬，精簡的篇幅寫起來最困難的是收束，故作輕鬆之餘還要節制廢話，最好能展現藝文作品的吸引力，這過程寫起來比預想的還難。

對照文明與野性，繼而思索人性與社會，這是自古以來常見的老題目。相較於權威所強調的秩序與真理，人文藝術更熱衷於檢視難以衡量的例外狀態，試圖討論界線與生命的本質，這本書中觸及的數百種創作，幾乎都不脫這個企圖。

本書的取樣很大程度顯現了我個人的閱讀視聽偏好，顧及選材的多樣性，我已儘量避免主題與創作者的重複；因此，即便極高比例的童話與繪本喜好透過動物（尤其擬人化的動物）的境遇來引起共鳴，關於這個有趣現象的專門研究已相當豐富，所以我刻意壓低繪本比例，沒有多加著墨。

※ ※ ※

最後，這本書獻給我的父親。感謝他慷慨提供的資源，學齡時期當我的司機，早餐時必須看著貪睡的我閉著眼睛咀嚼早餐，還到動物園周邊淺山上閃避掛在樹上的蛇摘桑葉餵我養的蠶寶寶。聽說他早年在墾丁牧場工作時，恆春還有四處蹓躂的野馬，他挑了一隻野馬當自己的坐騎，馬背上披條大浴巾即是馬鞍，這匹馬毛色赤紅，他替牠取了一個名字：Ruby，紅寶石的意思。聽說 Ruby 經常故意馳騁到低枝的樹下將他掃落地面，掃落後再停在前方等候，擺擺尾巴，洋洋得意狀。

非常巧合地，長大之後我學英文，老師替我取的名字正是 Ruby。在某種程度上，我不能否認在我靈魂深處亦藏匿著不能約束的野性，還有那麼一點惡作劇的本能，但是我儘量不要跑得太遠。

是為記。

一隻特立獨行的豬
穿梭文明、自然與野性間的藝文奇想

作　　者　包子逸
封面設計　黃怡禎
執行編輯　吳佩芬
內頁排版　高巧怡
行銷企劃　蕭浩仰、羅聿軒
行銷統籌　駱漢琦
業務發行　邱紹溢
營運顧問　郭其彬
果力總編　蔣慧仙
漫遊者總編　李亞南
出　　版　果力文化／漫遊者文化事業股份有限公司
地　　址　台北市103大同區重慶北路二段88號2樓之6
電　　話　(02) 2715-2022
傳　　真　(02) 2715-2021
服務信箱　service@azothbooks.com
網路書店　www.azothbooks.com
臉　　書　www.facebook.com/azothbooks.read

發　　行　大雁出版基地
地　　址　新北市231新店區北新路三段207-3號5樓
電　　話　(02) 8913-1005
訂單傳真　(02) 8913-1056
初版一刷　2025年8月
定　　價　台幣450元

ISBN　978-626-99855-0-0
感謝包子逸友人李秉霖支援《動物》專輯協助拍攝

國家圖書館出版品預行編目 (CIP) 資料

一隻特立獨行的豬 / 包子逸作。 ——初版。——台北市：果力文化出版社； 新北市：大雁出版基地發行，2025.08
面；公分
ISBN 978-626-99855-0-0(平裝)
863.55　　114008384